D0998133

ARCHIVES SUR SHERLOCK HOLMES

Le Vampire du Sussex

Paru dans Le Livre de Poche :

ÉTUDE EN ROUGE.
LE SIGNE DES QUATRE.

LES AVENTURES DE SHERLOCK HOLMES.

LES NOUVELLES AVENTURES DE SHERLOCK HOLMES.

SOUVENIRS SUR SHERLOCK HOLMES.

LA RÉSURRECTION DE SHERLOCK HOLMES.

LA VALLÉE DE LA PEUR.

LE CHIEN DES BASKERVILLE.

SON DERNIER COUP D'ARCHET.

LES EXPLOITS DE SHERLOCK HOLMES.

LE MYSTÈRE DU VAL BOSCOMBE.

LA PENSIONNAIRE VOILÉE.

SIR ARTHUR CONAN DOYLE

Archives sur Sherlock Holmes

Le Vampire du Sussex

TRADUCTION DE EVELYN COLOMB

LE LIVRE DE POCHE

LE VAMPIRE DU SUSSEX

Holmes avait attentivement lu une lettre que lui avait apportée le dernier courrier. Puis, avec le petit rire sec qui chez lui pouvait passer pour un véritable éclat de rire, il me la tendit.

« En fait de mélange de moderne et de médiéval, de pratique et de sauvagement fantaisiste, je crois que ceci est un comble ! me dit-il. Qu'en pensez-vous, Watson ? »

Je lus ce qui suit :

46, Old Jewry
19 novembre

Affaire Vampire

Monsieur,

Notre client M. Robert Ferguson, de Ferguson & Muirhead, courtiers en thé de Mincing Lane, nous a posé quelques questions par lettre à propos des vampires. Comme notre société est spécialisée exclusivement dans l'expertise des thés, l'affaire semble échapper à notre compétence ; aussi avons-nous recommandé à M. Ferguson, par ce même courrier, d'entrer en rapport avec vous et de vous soumettre son dossier. Nous n'avons pas oublié votre réussite dans l'affaire de Matilda Briggs.

Nous sommes, monsieur, fidèlement vôtres,

MORRISON, MORRISON & MODD.

« Matilda Briggs n'est pas le nom d'une jolie femme, Watson. C'était un navire qui fut mêlé à l'affaire du rat géant de Sumatra (histoire à laquelle le monde n'est pas encore préparé). Mais que savons-nous des vampires ? Les vampires sont-ils aussi de notre compétence ? Tout vaut mieux que l'inaction, mais en vérité je crois qu'on nous a branchés sur un conte de Grimm. Allongez le bras, Watson, et voyons un peu ce que nous indiquera la lettre V. »

Je me penchai en arrière pour m'emparer du gros volume de références auquel il avait fait allusion. Holmes le posa en équilibre sur ses genoux, et ses yeux parcoururent lentement, et avec amour, la liste de vieilles affaires mélangées avec des renseignements accumulés depuis plusieurs lustres.

« Voyage du *Gloria Scott*[1], lut-il tout haut. Vilaine affaire ! J'ai vaguement le souvenir que vous avez raconté l'histoire, Watson, et que je me suis trouvé dans l'incapacité de vous féliciter de votre version des faits. Victor Lynch, le faussaire. Venimeux lézards : le gila, un cas sortant tout à fait de l'ordinaire, celui-là ! Vittoria, la belle du cirque. Vanderbilt et le Yeggman. Vipères. Vigor. La merveille de Hammersmith. Brave vieil index ! Imbattable ! Écoutez bien, Watson ! Vampirisme en Hongrie. Et vampires en Transylvanie... »

Il tourna rapidement les pages, se pencha avec avidité sur sa découverte, mais il rejeta bientôt le gros livre en poussant une exclamation de déception.

1. Cf. *Souvenirs sur Sherlock Holmes* (Œuvres complètes de Sir Arthur Conan Doyle, tome IV).

«... Ça ne vaut rien, Watson ! Rien du tout. Qu'avons-nous à voir dans des histoires de cadavres qui se promènent s'ils ne sont pas cloués dans leurs tombeaux par des pieux fichés en plein cœur ? Nous sommes en pleine folie !

— Mais le vampire, objectai-je, n'est pas forcément un mort ! Un être vivant pourrait être un vampire. J'ai lu, par exemple, quelque chose sur des monstres qui suçaient le sang des enfants pour conserver leur jeunesse.

— Vous avez raison, Watson. Cette légende est mentionnée dans mon index. Mais prendrons-nous au sérieux de telles fariboles ? Notre agence a les pieds sur la terre, et j'entends qu'elle les y maintienne. Le monde est assez vaste pour notre activité : nous n'avons pas besoin de fantômes. Je crains que nous ne puissions nous occuper de ce M. Ferguson. Après tout, cette autre lettre émane peut-être de lui, et contient-elle des renseignements plus précis sur ce qui le tracasse. »

Il prit une deuxième lettre que je n'avais pas remarquée sur la table, tant il avait été absorbé par la première. Il commença à la lire avec un sourire amusé qui progressivement disparut pour faire place à une expression d'intérêt et de concentration mentale intense. Quand il eut fini, il demeura quelques instants silencieux. La lettre dansait entre ses doigts. Finalement, d'un mouvement brusque, il émergea de sa rêverie.

« Cheeseman's Lamberley. Où se trouve Lamberley, Watson ?

— Dans le Sussex, au sud de Horsham.

— Pas très loin, hé ? Et Cheeseman's ?

— Je connais cette région, Holmes. Elle est pleine de vieilles maisons qui ont été baptisées du nom des hommes qui les ont construites il y a plusieurs siècles. Par exemple Odley's, ou Harvey's, ou

Carriton's. Les gens ont sombré dans l'oubli, mais leurs noms vivent encore dans leurs maisons.

— En effet», dit Holmes non sans froideur.

L'une des caractéristiques de sa nature fière et indépendante était que, tout en enregistrant dans sa cervelle très rapidement et avec précision une information nouvelle, il témoignait rarement de la gratitude à celui qui la lui communiquait. Il reprit un peu plus tard :

«J'ai l'impression que nous allons mieux connaître Cheeseman's Lamberley, dans les heures qui viennent. Comme je l'avais espéré, cette lettre est de Robert Ferguson. D'ailleurs il vous connaît.

— Il me connaît ?

— Lisez plutôt. »

Il me fit passer la lettre. Elle portait en en-tête l'adresse mentionnée plus haut.

Cher monsieur Holmes,

Mes hommes de loi m'ont conseillé de m'adresser à vous, mais il s'agit d'une affaire si extraordinairement délicate qu'elle est très difficile à exposer. Elle concerne l'un de mes amis, au nom duquel j'agis. Ce gentleman, il y a cinq ans, a épousé une Péruvienne, fille d'un négociant péruvien dont il avait fait la connaissance au cours d'un voyage d'importation de nitrates. La jeune fille était d'une grande beauté, mais sa qualité d'étrangère et sa religion éloignée de la nôtre entraînèrent bientôt des divergences sentimentales entre le mari et la femme : l'amour du mari s'attiédit, et il ne tarda pas à se demander si leur union n'avait pas été une erreur. Il sentait qu'il ne pourrait jamais explorer et comprendre certains aspects de son caractère. Le plus pénible était qu'elle l'adorait, et que selon toutes apparences elle lui était très attachée.

Venons-en maintenant au sujet sur lequel je m'expliquerai mieux quand nous nous rencontrerons.

Cette lettre n'a pour but que de vous fournir une idée générale de la situation et de vous demander si vous consentiriez à vous y intéresser. La femme de mon ami commença à manifester quelques traits curieux, très éloignés de sa douceur extraordinaire et de sa gentillesse naturelle. Son mari avait eu, d'une première femme, un fils. Cet enfant qui a aujourd'hui quinze ans est charmant, affectueux, bien que malheureusement il ait été victime d'un accident dans sa jeunesse. À deux reprises la femme de mon ami fut surprise en train de battre ce pauvre garçon qui ne l'avait nullement provoquée. Une fois elle le frappa à coups de canne, avec une telle violence qu'il en garda une faiblesse au bras.

C'était peu, néanmoins, à côté de son comportement envers son propre fils, qui n'a pas encore un an. Il y a un mois la nurse avait laissé l'enfant seul pendant quelques minutes. Un cri du bébé, un vrai cri de douleur, fit accourir la nurse. Quand elle entra dans la chambre, elle vit sa maîtresse, la mère du bébé, penchée au-dessus de l'enfant à qui elle mordait le cou. Une petite blessure était visible sur le cou, et le sang s'en échappait. Horrifiée, la nurse voulut prévenir le père, mais la mère la supplia de n'en rien faire et lui fit cadeau de cinq livres pour qu'elle se tût. Elle ne fournit de son acte aucune explication, et l'affaire fut passée sous silence.

Elle n'en laissa pas moins une terrible impression sur l'esprit de la nurse. Depuis, elle se mit à surveiller de près sa maîtresse et à monter la garde auprès du bébé qu'elle aimait tendrement. Il lui semblait que, tandis qu'elle surveillait la mère, celle-ci la surveillait également, et que, chaque fois qu'elle devait quitter l'enfant, la mère n'attendait que ce prétexte pour s'en approcher. Jour et nuit la nurse veillait sur le bébé; jour et nuit la mère paraissait aux aguets comme le loup guette l'agneau. Cela doit vous sembler incroyable; pourtant je vous demande de prendre ce récit au sérieux, car la vie d'un enfant et l'équilibre d'un homme sont en cause.

Enfin le jour terrible arriva où les faits ne purent plus être dissimulés. Les nerfs de la nurse cédèrent ; incapable de supporter cette tension, elle libéra sa conscience devant le père. Réagissant comme vous peut-être aujourd'hui, il écouta la nurse comme il aurait écouté une histoire de sauvages. Il savait que sa femme l'aimait et qu'elle était, exception faite des mauvais traitements qu'elle avait infligés à son beau-fils, une mère tendre. Pourquoi, dès lors, aurait-elle blessé leur cher petit bébé ? Il répondit à la nurse qu'elle rêvait, que ses soupçons étaient dignes d'une hystérique, et qu'il ne tolérerait plus de tels racontars sur sa maîtresse. Pendant qu'ils discutaient, ils entendirent un cri de souffrance. La nurse et son maître se précipitèrent dans la nursery. Imaginez les sentiments de mon ami, M. Holmes, quand il vit sa femme se redresser (elle était agenouillée à côté du berceau) et le sang couler sur le cou découvert de l'enfant et sur le drap. Il poussa une exclamation d'horreur, attira le visage de sa femme à la lumière : elle avait du sang autour des lèvres. C'était elle, elle sans le moindre doute, qui avait bu le sang du pauvre petit.

L'affaire en est là. La mère est maintenant recluse dans sa chambre. Il n'y a eu aucune explication. Mon ami est à moitié fou. Il ne connaît, et moi non plus, pas grand-chose sur le vampirisme en dehors du nom. Nous avions cru que c'étaient des histoires de sauvages dans des pays lointains. Et cependant ici, au cœur du Sussex anglais, il existe… Nous pourrons en discuter ensemble demain matin. Me recevrez-vous ? Emploierez-vous vos grandes facultés pour secourir un homme aux abois ? Si vous acceptez, ayez l'obligeance de télégraphier à Ferguson, Cheeseman's, Lamberley, et je serai chez vous demain à dix heures.

Votre dévoué

ROBERT FERGUSON.

P. S. — Je crois que votre ami Watson a joué au rugby dans l'équipe de Blackheath, pendant que j'étais trois-quarts dans l'équipe de Richmond. C'est la seule introduction personnelle dont je puisse faire état.

« Bien sûr, je me souviens de lui ! dis-je en reposant la lettre. Big Bob Ferguson, le meilleur trois-quarts qu'ait jamais possédé Richmond ! Il était enjoué, toujours de bonne humeur. Je le vois tout à fait se penchant avec sollicitude sur le cas d'un ami. »

Holmes me regarda du coin de l'œil et hocha la tête.

« Je ne connaîtrai jamais vos limites, Watson ! fit-il. Vous êtes plein de possibilités inexplorées. Tenez, faites porter cette dépêche, comme le brave type que vous êtes : "Examinerons votre cas avec plaisir."

— Votre cas ?

— Nous n'allons pas le laisser sur l'impression que cette agence est dirigée par des faibles d'esprit. Voyons, c'est son propre cas, à lui ! Envoyez-lui ce télégramme et laissons l'affaire en repos jusqu'à demain matin. »

*

Ferguson se fit annoncer à dix heures précises. J'avais gardé de lui le souvenir d'un athlète long et mince à muscles souples, doué d'une jolie pointe de vitesse qui lui permettait de crocheter facilement l'arrière d'en face. Hélas ! Rien dans la vie n'est plus pénible que de revoir l'épave d'un grand sportif qu'on a connu au summum de sa condition ! Sa haute charpente s'était voûtée, ses cheveux blonds avaient presque totalement disparu, ses épaules étaient arrondies. Je crains d'avoir suscité chez lui une émotion correspondante.

« Hello ! Watson ! me dit-il d'une voix encore profonde et chaleureuse. Vous ne ressemblez plus tout à fait à l'homme que vous étiez quand je vous ai balancé par-dessus les cordes dans la foule à Old Deer Park. J'ai dû changer un peu moi aussi. Mais ce sont ces derniers jours qui m'ont fait vieillir. Votre télégramme, monsieur Holmes, m'a appris qu'il serait inutile que je me fasse passer pour le représentant de quelqu'un.

— Il est plus simple d'être direct, répondit Holmes.

— Certes ! Mais vous pouvez imaginer comme il est malaisé de s'exprimer à l'égard de la femme à qui l'on doit aide et assistance. Que puis-je faire ? Comment me rendre à la police avec une telle histoire ? Et pourtant mes gosses ont le droit d'être protégés ! Est-ce de la folie, monsieur Holmes ? Est-ce un vice dans le sang ? Avez-vous déjà rencontré un cas analogue ? Pour l'amour de Dieu, conseillez-moi, car je suis au bout de mon rouleau !

— C'est bien naturel, monsieur Ferguson ! Maintenant asseyez-vous et reprenez votre sang-froid, car j'ai besoin de réponses précises et nettes. Je vous assure que moi, je ne suis pas du tout au bout de mon rouleau, et que je crois fermement que nous trouverons une solution. D'abord, dites-moi quelles sont les décisions que vous avez prises. Votre femme se trouve-t-elle encore auprès des enfants ?

— Nous avons eu une scène terrible. C'est une femme très amoureuse, monsieur Holmes. Si jamais une femme a aimé avec tout son cœur et toute son âme, c'est elle. Elle m'aime passionnément. Elle a été déchirée parce que j'avais découvert son secret horrible, incroyable. Elle ne voulait même pas parler. Elle n'a pas répondu à mes reproches ; elle s'est contentée de me regarder avec dans les yeux une sorte de regard sauvage, désespéré. Puis elle s'est précipitée dans sa chambre où elle s'est enfermée. Depuis elle a refusé de me voir. Elle a une femme qui la servait déjà avant notre mariage et qui s'appelle Dolores : une amie plutôt qu'une domestique. C'est elle qui lui apporte ses aliments.

— L'enfant n'est donc pas en danger immédiat ?

— La nurse Mme Mason m'a juré qu'elle ne le quitterait ni le jour ni la nuit. Je peux lui faire absolument confiance. Je suis moins tranquille pour le pauvre Jack qui, comme je vous l'ai dit dans ma lettre, a été maltraité deux fois par ma femme.

— Mais elle ne l'a jamais mordu ?

— Non, elle l'a frappé brutalement. C'est d'autant plus terrible qu'il s'agit d'un infirme inoffensif... »

La physionomie farouche de Ferguson s'adoucit.

« ... On croirait pourtant que la triste condition de mon cher enfant devrait attendrir n'importe quel cœur : une chute, et la colonne vertébrale déviée, monsieur Holmes ! Mais il possède le cœur le plus affectueux, le meilleur qui soit. »

Holmes avait repris la lettre de la veille et la relisait.

« Qui habite votre maison, monsieur Ferguson ?

— Deux domestiques qui ne sont pas chez nous depuis longtemps. Un garçon d'écurie, Michael, qui couche dans la maison. Ma femme, moi-même, mon fils Jack, le bébé, Dolores et Mme Mason. C'est tout.

— Je suppose qu'à l'époque de votre mariage vous ne connaissiez pas très bien votre femme ?

— Je ne la connaissais que depuis quelques semaines.

— Depuis combien de temps cette Dolores est-elle à son service ?

— Quelques années.

— Dolores connaît donc mieux que vous le caractère de votre femme ?

— Oui, vous avez raison. »

Holmes écrivit quelques mots.

« Je pense, dit-il, que je serai plus utile à Lamberley qu'ici. C'est par excellence un cas pour investigations personnelles. Si votre femme demeure dans sa chambre, notre présence ne peut ni l'ennuyer ni la gêner. Bien entendu, nous descendrions à l'auberge. »

Ferguson parut soulagé.

« C'est tout ce que j'espérais, monsieur Holmes. Il y a à deux heures un excellent train à Victoria, si vous pouviez le prendre.

— Nous le prendrons ! Le calme règne à Londres ; je peux donc vous consacrer toute mon énergie. Watson, naturellement, m'accompagnera. Mais avant de partir je voudrais obtenir quelques petites précisions de détail. Cette malheureuse femme, si j'ai bien compris, a été prise en flagrant délit contre les deux enfants, son bébé et votre propre fils ?

— Oui.

— Mais ces mauvais traitements n'ont pas été les mêmes, n'est-ce pas ? Elle a battu votre fils.

— Une fois avec une canne, et une autre fois très brutalement avec ses mains.

— A-t-elle expliqué pourquoi elle le frappait ?

— Elle a simplement dit qu'elle le détestait. Elle l'a répété à plusieurs reprises.

— Cela n'est pas nouveau chez les belles-mères. Nous dirons : une jalousie posthume. Votre femme est-elle d'un tempérament jaloux ?

— Oui. Elle est très jalouse. Jalouse avec toute la violence d'un amour tropical fanatique.

— Mais ce garçon... Il a quinze ans, et il a sans doute l'esprit très développé puisque son corps a des capacités limitées. Ne vous a-t-il pas donné une explication de ces attaques ?

— Non. Il m'a déclaré qu'il n'avait rien fait pour les mériter.

— En d'autres circonstances étaient-ils bons amis ?

— Non. Jamais il n'y a eu de tendresse entre eux.

— Pourtant vous m'avez dit qu'il était affectueux ?

— Sur cette terre je ne connais pas de fils plus attaché. Ma vie est toute sa vie. Il s'absorbe dans ce que je dis ou fais. »

À nouveau Holmes écrivit quelques mots. Pendant un moment il réfléchit.

« Vous et votre fils étiez sans doute de bons camarades avant votre deuxième mariage. Le deuil vous avait rapprochés, n'est-ce pas ?

— En effet.

— Et l'enfant, de par sa nature très affectueuse, était fidèle, probablement, au souvenir de sa mère ?

— Très fidèle.

— C'est certainement un garçon fort intéressant. Un autre détail au sujet de ces attaques, de ces agressions... Se sont-elles produites sur votre fils et sur le bébé à la même époque ?

— La première fois, oui. Ç'a été comme si une sorte de frénésie s'était emparée d'elle, et qu'elle assouvissait sa fureur sur les deux. La deuxième fois, c'est Jack seul qui en a pâti. Mme Mason n'a rien remarqué sur le bébé.

— Voilà qui complique les choses, évidemment !

— Je ne vous suis pas très bien, monsieur Holmes.

— Peut-être. On élabore des théories provisoires et on attend que le temps ou des éléments nouveaux en démontrent la fausseté. Mauvaise habitude, monsieur Ferguson ! Mais la nature humaine est faible. Je crains que votre ami Watson n'ait vanté à l'excès mes méthodes scientifiques. Tout ce que je peux vous dire actuellement est que votre problème ne m'apparaît pas insoluble et que vous pouvez compter sur nous pour le train de deux heures à Victoria. »

*

C'est au soir d'une maussade journée brumeuse de novembre que, après avoir laissé nos bagages aux « Chequers » de Lamberley, nous nous fîmes voiturer à travers l'argile du Sussex, le long d'un interminable chemin en zigzag, pour atteindre finalement l'ancienne ferme isolée où habitait Ferguson. C'était un grand bâtiment, très ancien au centre, très neuf aux ailes, avec des cheminées Tudor et un toit moussu à forte inclinaison. Les marches du perron étaient usées ; sur les vieilles pierres qui s'alignaient au-dessus du porche, était gravé le rébus d'un fromage et d'un homme, d'après le nom du premier bâtisseur. À l'intérieur, les plafonds étaient chevronnés de lourdes poutres de chêne, et les planchers inégaux fléchissaient pour dessiner des courbures accentuées. Partout on respirait une odeur de vieux et de délabrement.

Ferguson nous conduisit dans une très grande pièce centrale où, dans une immense cheminée à l'ancienne mode pourvue d'une plaque en fer datée de 1670, brûlait allégrement un magnifique feu de bûches.

Je regardai la pièce, singulier mélange disparate d'époques et de continents. Les murs à demi recouverts de boiseries devaient dater du petit propriétaire du XVIIe siècle. Ils étaient cependant ornés dans la moitié inférieure d'une rangée de peintures à l'eau modernes et de bon goût. Au-dessus, là où le plâtre jaune succédait au chêne, était accrochée toute une belle collection d'instruments et d'armes de l'Amérique du Sud, qu'avait apportée sans doute la Péruvienne d'en haut. Holmes se leva, avec cette curiosité alerte qui lui était particulière, et l'examina attentivement. Il se retourna. Ses yeux étaient pensifs.

« Oh ! oh ! s'écria-t-il. Oh ! »

Un épagneul était sorti d'un panier dans l'angle. Il avançait lentement vers son maître ; il marchait avec difficulté. Ses pattes de derrière fonctionnaient irrégulièrement, et sa queue traînait par terre. Il alla lécher la main de Ferguson.

« Qu'y a-t-il, monsieur Holmes ?

— Le chien. Qu'a le chien ?

— Le vétérinaire est bien intrigué ! Une sorte de paralysie. Une myélo-méningite, m'a-t-il dit. Mais elle est en voie de disparition. Il sera bientôt rétabli, n'est-ce pas, Carlo ? »

Un frémissement approbatif courut le long de la queue pendante. Les yeux tristes du chien nous interrogèrent. Il savait que nous discutions de son cas.

« Cela lui est-il arrivé tout à coup ?

— En une seule nuit.

— Il y a longtemps ?

— Quatre mois environ.

— Très intéressant. Très instructif.

— Qu'y voyez-vous, monsieur Holmes ?

— Une confirmation de mon pronostic.

— Au nom du Ciel, quel est votre pronostic, monsieur Holmes ? Il s'agit peut-être pour vous d'un simple puzzle intellectuel ; mais pour moi c'est la vie et la mort ! Ma femme une soi-disant meurtrière, mon enfant constamment en danger ! Ne jouez pas avec moi, monsieur Holmes ! C'est trop terriblement grave ! »

Le gros trois-quarts de rugby tremblait de tous ses membres. Holmes posa doucement une main sur son bras.

« Je redoute que vous n'ayez à souffrir, monsieur Ferguson, quelle que soit la solution ! dit-il. Je vous épargnerai au maximum. Pour le moment je ne veux pas en dire davantage, mais avant d'avoir quitté cette maison j'espère pouvoir être plus précis.

— Que Dieu vous entende ! Si vous voulez bien

m'excuser, messieurs, je vais monter dans la chambre de ma femme et voir s'il n'y a rien de nouveau. »

Il s'absenta quelques minutes, que Holmes occupa à examiner à nouveau les curiosités suspendues au mur. Quand notre hôte revint, son visage défait nous apprit qu'il n'avait accompli aucun progrès. Il ramenait avec lui une grande fille mince au visage basané.

« Le thé est prêt, Dolores ! dit Ferguson. Veillez à ce que votre maîtresse ait tout ce qu'elle désire.

— Elle est très malade ! cria la fille en regardant son maître avec indignation. Elle ne veut pas manger. Elle est très malade ! Elle a besoin d'un médecin. J'ai peur de rester seule avec elle sans médecin. »

Ferguson me regarda. Dans ses yeux je lus une question.

« Je serais très heureux de pouvoir être utile.

— Votre maîtresse voudra-t-elle voir le docteur Watson ?

— Je le fais monter. Pas besoin de sa permission. Il faut un médecin.

— Je vous accompagne tout de suite. »

Dolores tremblait d'une forte émotion ; je la suivis dans l'escalier et le long d'un vieux couloir qui aboutissait à une porte massive cloutée de fer, et je me dis que si Ferguson voulait parvenir de force jusqu'à sa femme, il aurait du mal. La femme de chambre tira une clef de sa poche, et les vieux ais de chêne craquèrent sur leurs gonds antiques. J'entrai ; elle colla à mes talons ; elle referma la porte derrière nous.

Sur le lit était étendue une femme qui visiblement avait une forte fièvre. Elle n'était qu'à demi consciente ; quand j'entrai, je vis toutefois une paire d'yeux magnifiques mais épouvantés qui me regardèrent avec terreur. Voyant s'approcher un inconnu, elle sembla rassurée et retomba en soupirant sur les oreillers. Je prononçai quelques paroles destinées à la mettre en confiance, et elle ne bougea pas pendant que je pris son pouls et sa température. L'un et l'autre étaient nettement supérieurs à la normale ; toutefois j'eus l'impression que son état était plutôt la conséquence d'une excitation mentale et nerveuse que d'une véritable maladie.

« Elle est comme ça depuis deux jours. J'ai peur qu'elle ne meure », dit Dolores.

Mme Ferguson tourna vers moi son visage enfiévré.

« Où est mon mari ?

— En bas. Il désirerait vous voir.

— Je ne veux pas le voir. Je ne le verrai pas !... »

Puis elle me parut livrée au délire.

« ... Un démon ! Un démon ! Oh ! que ferai-je avec ce diable ?

— Puis-je vous aider d'une façon ou d'une autre ?

— Non. Personne ne peut m'aider. C'est fini. Tout est détruit. Quoi que je fasse, tout est anéanti. »

Elle semblait se faire étrangement illusion. Je ne pouvais pas me représenter l'honnête Ferguson sous la forme d'un diable ni d'un démon.

« Madame, lui dis-je, votre mari vous aime tendrement. Il souffre beaucoup de ce qui est arrivé. »

À nouveau elle tourna vers moi ses yeux merveilleux.

« Il m'aime. Oui. Mais moi, est-ce que je ne l'aime pas ? Est-ce que je ne l'aime pas assez même pour me sacrifier plutôt que de briser son cher cœur ? Voilà comment je l'aime. Et pourtant il a pu penser de moi... Il a pu me parler ainsi !

— Il est plein de chagrin, et il ne peut pas comprendre.

— Non, il ne peut pas comprendre. Mais il devrait me faire confiance.

— Ne voulez-vous pas le voir ? suggérai-je.

— Non. Je ne puis oublier ces mots terribles ni ce regard sur son visage. Je ne veux pas le voir. Partez, maintenant. Vous ne pouvez rien pour moi. Dites-lui seulement ceci : je veux mon enfant. J'ai des droits sur mon enfant. Tel est le seul message que je peux lui adresser. »

Je revins en bas. Ferguson et Holmes étaient assis près du feu. Ferguson écouta avec tristesse le récit de mon entretien.

« Comment puis-je lui envoyer l'enfant ? dit-il. Comment saurai-je à quelle impulsion elle obéira ? Comment oublierais-je que je l'ai vue se lever à côté du berceau avec du sang autour de ses lèvres ?... »

Ce souvenir le fit frissonner.

« ... L'enfant est en sécurité avec Mme Mason, reprit-il. Il restera là. »

Une servante accorte avait apporté le thé. Pendant qu'elle emplissait les tasses, la porte s'ouvrit et un jeune garçon pénétra dans la pièce. C'était un enfant peu banal : pâle de visage, blond, avec des yeux bleu clair qui s'allumèrent d'une flamme d'émotion et de joie quand ils se posèrent sur son père. Il courut et passa ses bras autour de son cou avec l'abandon d'une amoureuse.

« Oh ! papa ! s'écria-t-il. Je ne savais pas que vous étiez déjà rentré. Autrement je serais venu à votre rencontre. Oh ! je suis si content de vous revoir ! »

Ferguson se dégagea doucement de cette étreinte, non sans embarras.

« Mon cher petit garçon ! dit-il en lui caressant la tête avec tendresse. Je suis revenu de bonne heure parce que mes amis, M. Holmes et le docteur Watson, ont accepté de descendre jusqu'ici et de passer une soirée avec nous.

— C'est M. Holmes, le détective ?

— Oui. »

Le jeune garçon nous dévisagea d'un regard très pénétrant et aussi, me sembla-t-il, peu amical.

« Et votre autre enfant, monsieur Ferguson ? s'enquit Holmes. Pourrions-nous faire la connaissance du bébé ?

— Demandez à Mme Mason de nous descendre le bébé », dit Ferguson.

Le jeune garçon sortit. Sa démarche bizarre, traînante, m'informa qu'il souffrait d'une faiblesse de la colonne vertébrale. Il revint bientôt ; derrière lui apparut une grande femme maigre qui portait dans ses bras un très beau bébé aux yeux noirs, aux cheveux d'or. Ferguson lui était évidemment très attaché ; il le prit dans ses bras et le cajola avec une tendresse touchante.

« Je m'étonne bien que quelqu'un ait eu le courage de lui faire du mal ! » murmura-t-il en regardant la petite cicatrice rouge sur la gorge du chérubin.

À ce moment par hasard je regardai Holmes, et je vis sa physionomie se durcir. Son visage était aussi rigide que s'il avait été sculpté dans du vieil ivoire, et ses yeux, qui s'étaient portés sur le père et le bébé, fixaient à présent avec une curiosité passionnée un point situé de l'autre côté de la pièce. Suivant son regard je compris qu'il observait à travers la fenêtre le jardin détrempé et mélancolique. Il est vrai qu'un volet était à demi clos derrière les vitres et obstruait la vue, mais néanmoins c'était certainement sur la fenêtre que Holmes concentrait toute son attention. Puis il sourit, et ses yeux se reportèrent sur le bébé. Sur son cou bien rose, il y avait cette petite marque rouge. Sans dire un mot, Holmes l'examina avec soin. Finalement il secoua l'un des poings à fossettes qui se tendaient vers lui.

« Bonsoir, petit homme. Vous avez fait un curieux départ dans la vie. Nurse, je souhaiterais vous dire un mot en particulier. »

Il la prit à part et lui parla sérieusement pendant

quelques minutes. Je n'entendis que la dernière phrase :

« Vos angoisses, je l'espère, touchent à leur terme. »

La nurse, qui semblait être une sorte de personne revêche et taciturne, se retira avec le bébé.

« À quoi ressemble Mme Mason ? demanda Holmes.

— Elle n'est peut-être pas d'un physique très avenant, comme vous avez vu, mais elle a un cœur d'or et elle aime beaucoup l'enfant.

— Et vous, Jack, aimez-vous Mme Mason ? »

Brusquement Holmes s'était tourné vers le jeune garçon dont le visage mobile, expressif, s'assombrit. Jack secoua négativement la tête.

« Jacky est un passionné, capable de détester autant que d'aimer, commenta Ferguson en passant un bras autour de son fils. Par chance je suis de ceux qu'il aime. »

Le garçon se mit à roucouler et blottit sa tête contre l'épaule de son père. Celui-ci se dégagea.

« Allez-vous-en, petit Jacky ! » commanda-t-il avec gentillesse.

D'un regard aimant il suivit son fils pendant qu'il sortait de la pièce. Puis il se retourna vers Holmes.

« Je crois, monsieur Holmes, que je vous ai entraîné dans une affaire stupide, car que pouvez-vous d'autre que me témoigner votre sympathie ? De votre point de vue, vous devez la trouver singulièrement délicate et complexe !

— Elle est sûrement délicate, répondit mon ami en souriant. Mais je ne la crois pas trop complexe. Elle a été à l'origine une affaire de déduction intellectuelle ; mais quand cette déduction intellectuelle originelle se trouve confirmée point par point par un certain nombre d'incidents fortuits, alors le subjectif devient l'objectif, et nous pouvons déclarer en confiance que le but est atteint. En fait, j'avais formé mes conclusions avant mon départ de Baker Street, et le reste n'a été qu'observations et confirmations. »

Ferguson posa sa grosse main sur son front plissé.

« Au nom du Ciel, monsieur Holmes ! s'écria-t-il. Si vous connaissez la vérité, ne me tenez pas en suspens ! Que dois-je faire ? Peu importe la manière dont vous avez découvert les faits, du moment que vous les avez bel et bien découverts.

— Je vous dois une explication, et vous l'aurez. Mais me permettez-vous de régler l'affaire à ma façon ? Mme Ferguson est-elle capable de nous recevoir, Watson ?

— Elle est malade, mais elle est très raisonnable.

— Bien. C'est seulement en sa présence que nous pouvons tout éclaircir. Montons chez elle.

— Elle ne veut pas me voir ! cria Ferguson.

— Oh ! si, elle le voudra bien ! fit Holmes qui écrivit quelques lignes sur une feuille de papier. Vous, Watson, vous avez vos entrées. Aurez-vous la bonté de remettre ce billet à Mme Ferguson ? »

Je remontai l'escalier et tendis le billet à Dolores qui avait entrouvert précautionneusement la porte. Une minute plus tard j'entendis un cri à l'intérieur de la chambre : cri où la joie et la surprise me parurent mêlées. Dolores sortit.

« Elle veut bien les voir, dit-elle. Elle écoutera. »

J'appelai Ferguson et Holmes. Quand nous entrâmes, Ferguson avança vers sa femme qui s'était redressée dans le lit mais qui le repoussa d'un geste de la main. Il s'effondra dans un fauteuil, tandis que Holmes, après s'être incliné devant Mme Ferguson qui le contemplait avec une stupéfaction visible, prit place sur une chaise à côté de lui.

« Je pense que nous pouvons nous passer de Dolores, dit Holmes. Oh ! très bien, madame ! Si vous préférez qu'elle reste, je n'y vois aucune objection. Monsieur Ferguson, je suis un homme très occupé, très demandé : j'userai donc d'une méthode simple et directe. La chirurgie la plus rapide est la moins douloureuse. Je vous dirai d'abord ce qui vous apaisera : Mme Ferguson est une femme très bonne, très aimante, à l'égard de qui vous avez commis une grande injustice. »

Ferguson sursauta en poussant une exclamation de joie.

« Prouvez-moi cela, monsieur Holmes, et je serai votre débiteur pour toujours !

— Je vais vous le prouver ; mais je vous préviens que cette démonstration vous fera cruellement souffrir par ailleurs.

— Je ne m'en soucie pas, du moment que vous lavez ma femme de tout soupçon. Rien sur la terre ne saurait se comparer à cela.

— Alors je vais vous dire le raisonnement qui s'est enchaîné dans ma tête à Baker Street. L'idée d'un vampire m'a tout de suite semblé absurde. En Angleterre il ne se commet pas de tels crimes. Et cependant vous aviez fait une observation précise : vous aviez vu votre femme se relever du berceau de votre bébé avec du sang sur les lèvres.

— Oui.

— N'avez-vous jamais pensé qu'une blessure pouvait être sucée dans un autre but que pour en aspirer le sang ? Dans l'histoire de l'Angleterre une reine n'a-t-elle pas sucé une blessure de ce genre pour en retirer le poison ?

— Du poison !

— Vous avez ici des souvenirs de l'Amérique du Sud. J'avais par instinct détecté la présence de ces armes sur le mur avant que mes yeux les eussent aperçues. Le poison aurait pu avoir une autre origine, mais j'avais pensé à ces armes. Quand j'ai vu le petit carquois vide à côté de l'arc pour oiseaux, c'était exactement ce que j'avais pressenti. Si le bébé était piqué par l'une de ces flèches trempée dans du curare ou une autre drogue diabolique, la mort serait survenue si le poison n'avait pas été immédiatement aspiré.

« Et le chien ! Si quelqu'un avait eu l'intention d'utiliser ce poison, ne l'aurait-il pas essayé d'abord pour être sûr qu'il n'avait rien perdu de sa force ? Je n'avais pas prévu le chien, mais quand je l'ai vu à moitié paralysé j'ai compris aussitôt ; cette expérience cadrait tout à fait avec ma construction intellectuelle.

« Comprenez-vous à présent ? Votre femme redoutait ce genre d'attaques. Elle en a vu une et elle a sauvé la vie du bébé ; mais elle n'a pas voulu dire toute la vérité, car elle savait que vous aimiez votre fils, et elle craignait de briser votre cœur.

— Jacky !

— Je l'ai surveillé tandis que vous berciez le bébé il n'y a qu'un instant. Son visage était parfaitement réfléchi sur la vitre de la fenêtre, derrière laquelle le volet formait un fond noir. J'ai vu une jalousie, et une haine cruelle… Je ne me rappelle pas en avoir jamais vu autant sur une figure d'homme.

— Mon Jacky !

— Vous devez faire front, monsieur Ferguson. Cela vous sera d'autant plus pénible que c'est un amour déformé, une tendresse excessive à votre endroit et aussi sans doute à l'égard de sa mère défunte, qui ont inspiré ses actes. Son âme se consume dans la haine qu'il a vouée à ce bébé splendide, dont la beauté et la santé contrastent avec sa propre infirmité.

— Mon Dieu ! C'est incroyable !

— Ai-je dit la vérité, madame ? »

Mme Ferguson sanglotait, le visage enfoui dans les oreillers. Elle se tourna vers son mari.

« Comment pouvais-je vous le dire, Bob ? Je me doutais de la gravité du coup qui vous accablerait. Il valait mieux que j'attende, et que la vérité vous soit connue par d'autres lèvres que par les miennes. Quand ce gentleman, qui a un pouvoir magique, m'a écrit qu'il savait tout, j'ai été si heureuse !...

— Ma prescription pour maître Jacky serait une année en mer ! dit Holmes en se levant. Une seule chose n'est pas encore éclaircie, madame. Nous pouvons parfaitement comprendre que vous ayez battu Jacky : la patience d'une mère a ses limites. Mais comment avez-vous osé laisser l'enfant depuis deux jours ?

— J'avais mis Mme Mason au courant.

— Parfait. C'est bien ce que j'avais supposé. »

Ferguson, bouleversé, se tenait à côté du lit ; il tendit à sa femme ses grosses mains tremblantes.

« C'est l'heure, Watson, où je suppose que nous devons nous esquiver, me chuchota Holmes. Si vous prenez un coude de la trop fidèle Dolores, je prendrai l'autre... »

Quand il eut refermé la porte derrière lui, il ajouta :

« Je pense que nous pouvons les laisser conclure l'affaire entre eux. »

*

Sur cette aventure je n'ai retrouvé qu'une note postérieure. C'est la lettre qu'écrivit Holmes pour répondre à celle par laquelle le récit débuta. La voici :

Baker Street
21 novembre

Affaire Vampire

Monsieur,

En réponse à votre lettre du 19, je vous prie de noter que je me suis livré à l'enquête demandée par votre client, M. Ferguson, de Ferguson & Muirhead, courtiers en thé, et qu'une conclusion satisfaisante a été donnée à l'affaire. Avec mes remerciements pour votre recommandation,

Je suis, Monsieur, votre dévoué

SHERLOCK HOLMES.

LE CLIENT CÉLÈBRE

« Maintenant, elle ne peut nuire à personne. »

Tel fut le commentaire de M. Sherlock Holmes quand, pour la dixième fois au moins, je lui demandai l'autorisation de publier l'histoire qui va suivre. Et voilà comment j'obtins enfin la permission de perpétuer pour le public un moment, par certains côtés un sommet, de la carrière de mon ami.

Holmes comme moi avait une faiblesse pour le bain turc. C'était dans la vapeur d'une chambre chaude que je le trouvais le moins réticent et le plus humain. À l'étage supérieur de l'établissement de Northumberland Avenue il y a un coin isolé avec deux canapés jumeaux ; nous les occupions le 3 septembre 1902, jour où commence mon récit.

Je lui avais demandé si quelque chose de passionnant était en train ; pour toute réponse il avait sorti des draps qui l'enveloppaient son long bras mince et nerveux, et il avait extrait du manteau suspendu à côté de lui une certaine enveloppe.

« Voilà qui émane peut-être d'un faiseur d'embarras, me dit-il en me tendant le billet qui y était inclus. Mais il peut aussi bien s'agir d'une question de vie ou de mort. Je ne sais rien de plus que ce que contient ce message. »

L'en-tête était celui du Carlton Club, la date celle de la veille au soir. Le texte était le suivant :

« Sir James Damery présente ses compliments à M. Sherlock Holmes, et se rendra chez lui demain à quatre heures et demie. Sir James se permet de préciser que l'affaire à propos de laquelle il désire consulter M. Holmes est très délicate, et aussi très importante. Il espère donc que M. Holmes s'efforcera de se rendre libre, et qu'il lui confirmera son accord par téléphone au Carlton Club. »

« Bien entendu j'ai confirmé, me dit Holmes quand je lui rendis le message. Connaissez-vous quelque chose sur ce Damery ?

— Simplement que son nom est un passe-partout dans la haute société.

— Moi, je peux vous en dire un peu plus. Il a vaguement la réputation d'arranger des affaires délicates dont les journaux ne parlent pas. Vous vous rappelez sans doute ses négociations avec Sir George Lewis pour l'affaire du testament Hammerford. C'est un homme du monde naturellement enclin à la diplomatie. Je suis donc obligé de croire que la piste n'est pas mauvaise et qu'il a réellement besoin de notre assistance.

— Vous avez dit : "notre" ?

— Mais oui, si vous y consentez, Watson.

— J'en serai très honoré.

— Vous connaissez l'heure : quatre heures et demie. D'ici là, n'en parlons plus. »

*

À cette époque j'habitais un appartement dans Queen Anne Street, mais j'arrivai à Baker Street légèrement avant l'heure convenue. Sir James Damery se fit annoncer avec exactitude. Faut-il décrire le personnage ? Tout le monde se souvient de ce gros homme honnête, un peu snob, de son large visage rasé et, surtout, de sa voix moelleuse, agréable. Ses yeux gris brillaient de franchise, et la bonne humeur se lisait autour de ses lèvres souriantes, mobiles. Son chapeau clair, sa redingote noire, tous les détails de son costume, depuis la perle qui était posée sur sa cravate de satin sombre jusqu'aux guêtres couleur de lavande sur les souliers vernis, illustraient le soin méticuleux qu'il consacrait à s'habiller et qui l'avait rendu célèbre. Notre petite pièce semblait écrasée par la présence de ce grand aristocrate, dominateur.

« Naturellement, je m'attendais à rencontrer le docteur Watson ! fit-il avec une courtoise inclination de tête. Sa collaboration peut s'avérer très utile, car nous avons affaire en cette occasion, monsieur Holmes, avec un homme qui ne recule littéralement devant rien, et en particulier la violence. Je crois que dans toute l'Europe il n'existe pas d'individu plus dangereux.

— J'ai eu plusieurs adversaires auxquels s'appliquait ce terme flatteur, répondit Holmes en souriant. Fumez-vous ? Alors vous voudrez bien m'excuser car j'allume ma pipe. Si votre homme est plus dangereux que feu le professeur Moriarty[1] ou que le colonel Sebastian Moran[1] (toujours en vie celui-là), il vaut la peine que vous me le présentiez. Puis-je vous demander comment il s'appelle ?

— Avez-vous jamais entendu parler du baron Gruner ?

— De cet assassin autrichien ? »

Sir James Damery retira ses gants glacés et se mit à rire.

« Il n'y a pas moyen de vous battre, monsieur Holmes ! Merveilleux ! Ainsi vous savez déjà que c'est un assassin ?

— C'est mon métier de suivre dans les détails les affaires criminelles du Continent. Qui aurait pu lire

1. Cf. *Les Aventures de Sherlock Holmes* (Œuvres complètes de Sir Arthur Conan Doyle, tome IV).

ce qui s'est passé à Prague et conserver des doutes sur la culpabilité de l'homme en question ? Il a fallu pour le sauver un point de droit et la mort suspecte d'un témoin ! Je suis aussi persuadé qu'il a tué sa femme dans ce soi-disant "accident" au col de Splügen que si je l'avais vu l'assassiner. Je savais également qu'il était arrivé en Angleterre et que tôt ou tard il me donnerait du travail. Eh bien, de quoi s'est rendu coupable le baron Gruner ? Je présume que ce n'est pas cette vieille tragédie qui ressort ?

— Non, il s'agit de quelque chose de plus grave. Venger un crime est important, mais en prévenir un est encore plus important. C'est terrible, monsieur Holmes, d'assister à la préparation d'un événement affreux, d'une situation atroce, d'entrevoir clairement à quoi elle aboutira, et d'être cependant impuissant ! Un être humain peut-il se trouver placé dans une position plus pénible ?

— Difficilement.

— Alors vous sympathiserez avec le client dont je représente les intérêts ?

— Je n'avais pas compris que vous n'étiez qu'un intermédiaire. Qui est le principal intéressé ?

— Monsieur Holmes, je dois vous prier de ne pas insister là-dessus. Il est important que je puisse l'assurer que son nom respecté et estimé n'a été mêlé en rien à l'affaire. Ses motifs sont suprêmement honorables et chevaleresques, mais il préfère garder l'incognito. Inutile de vous préciser, n'est-ce pas, que vous recevrez des honoraires et que de ce côté vous avez les mains parfaitement libres. Je suis sûr que le nom réel de votre client ne vous intéresse guère ?

— Je regrette, dit Holmes. J'ai l'habitude de me heurter au mystère à un bout de mes affaires ; mais un mystère à chaque bout est trop compliqué. Je crains, Sir James, d'avoir à décliner votre proposition. »

Notre visiteur était grandement troublé. Sa grosse figure sensible s'assombrit de déception.

« Vous mesurez mal l'effet de vos paroles, monsieur Holmes ! Vous me placez devant un dilemme fort grave, car je ne doute pas que vous seriez fier de prendre l'affaire en main si je vous en fournissais tous les éléments, et cependant une promesse m'empêche de vous en révéler un. Puis-je, du moins, vous exposer tout ce qu'il m'est permis de vous dire ?

— Si vous voulez, étant bien entendu que je ne m'engage en rien.

— Soit. Premier point : vous avez dû entendre parler du général de Merville ?

— De Merville, le célèbre chef militaire ? Oui.

— Il a une fille, Violet de Merville, jeune, riche, belle, accomplie : merveilleuse sous tous les rapports. C'est cette demoiselle, cette jeune fille adorable et naïve, que nous essayons de tirer des griffes d'un démon.

— Le baron Gruner exerce donc une emprise sur elle ?

— L'emprise la plus puissante, quand il s'agit d'une femme : il la tient par l'amour. Il est, comme vous le savez peut-être, extraordinairement bel homme ; il a des manières fascinantes, une voix douce, et cet air romanesque et mystérieux qui plaît tant aux demoiselles. On dit de lui qu'il tient tout le beau sexe à sa merci, et qu'il a maintes fois vérifié cette assertion.

— Mais comment un tel coquin a-t-il pu faire la connaissance d'une jeune fille comme Mlle Violet de Merville ?

— Ils se sont rencontrés au cours d'une croisière en Méditerranée. Bien que dûment sélectionnés, les passagers avaient payé leurs billets. Sans doute les organisateurs ignoraient-ils le véritable tempérament du baron Gruner. Le scélérat s'est attaché à la demoiselle avec un tel succès qu'il a gagné complètement, absolument, son cœur. Ce serait peu de dire qu'elle l'aime. Elle éprouve à son sujet une indulgence ridicule, elle en est obsédée. Hors lui, rien ne compte sur la terre. Elle ne supporte pas le moindre mot dirigé contre lui. Tout a été tenté pour la guérir de son mal : en vain. Bref, elle se propose de l'épouser le mois prochain. Comme elle est majeure et comme elle possède une volonté de fer, comment l'empêcher de faire cette sottise ?

— Connaît-elle l'épisode autrichien ?

— Le rusé démon lui a conté tous les scandales déplaisants de son passé, mais toujours de façon à se faire passer pour un martyr innocent. Elle n'écoute que sa version ; elle ne veut rien entendre des autres.

— Mon Dieu ! Mais vous avez sûrement par inadvertance laissé échapper le nom de votre client ? Il s'agit du général de Merville ? »

Notre visiteur s'agita sur sa chaise.

« Je pourrais vous répondre par l'affirmative, monsieur Holmes, mais je vous mentirais. De Merville est anéanti. Cette histoire l'a complètement démoralisé. Les nerfs qu'il avait toujours conservés sur le champ de bataille se sont effondrés, et il est devenu un faible vieillard, à peu près gâteux, tout à fait incapable de lutter contre un coquin plein de vigueur et d'astuce comme cet Autrichien. Mon client est un vieil ami, qui connaît intimement le général depuis de longues années, et qui a voué à la jeune fille une sollicitude paternelle depuis le temps où elle portait des jupes courtes. Je ne vois rien qui puisse motiver une action de Scotland Yard. C'est à sa suggestion que je suis venu vous trouver, mais à la condition expresse qu'il n'apparaisse jamais dans l'affaire. Je ne mets pas en doute, monsieur Holmes, qu'avec vos grandes qualités vous puissiez identifier mon client en me pressant de questions, mais je dois vous demander votre parole de n'en rien faire et de préserver son incognito. »

Le visage de Holmes s'éclaira d'un sourire malicieux.

« Je crois que je peux vous le promettre, dit-il. Et j'ajoute que votre problème m'intéresse, que je suis disposé à m'en occuper. Comment puis-je vous toucher, le cas échéant ?

— On me trouvera toujours par l'intermédiaire du Carlton Club. Mais en cas d'urgence, voici mon numéro personnel : XX-31. »

Holmes le nota et demeura assis, le même sourire aux lèvres, avec son carnet encore ouvert sur les genoux.

« L'adresse actuelle du baron, s'il vous plaît ?

— Vernon Lodge, près de Kingston. C'est une grande maison. Il a eu de la chance dans de récentes spéculations financières, plutôt douteuses d'ailleurs, et il est riche, ce qui le rend encore plus dangereux.

— Est-il à Londres à présent ?

— Oui.

— En dehors de ce que vous m'avez dit, ne pouvez-vous pas me donner de plus amples renseignements sur cet individu ?

— Il a des goûts dépensiers. C'est un fanatique des chevaux. Pendant quelque temps il a joué au polo à Hurlingham, mais cette affaire de Prague a été divulguée et il a dû démissionner. Il collectionne livres et tableaux. Il a un sens artistique indéniable. Je crois qu'il est une autorité reconnue en porcelaines chinoises et qu'il a écrit un livre sur ce sujet.

— Un esprit complexe ! fit Holmes. Tous les grands criminels sont des esprits complexes. Mon vieil ami Charlie Peace était un virtuose du violon. Mainwright était aussi un artiste. Je pourrais vous en citer bien d'autres. Eh bien, Sir James, vous informerez votre client que je vais prendre en main le baron Gruner. Je ne peux pas en dire davantage. De mon côté j'ai diverses sources de renseignements, et j'ose prétendre que nous découvrirons un moyen de régler cette affaire décemment. »

*

Une fois notre visiteur sorti, Holmes demeura plongé dans une méditation silencieuse qui me fit croire qu'il avait oublié ma présence. Finalement il revint sur terre.

« Alors, Watson, quoi de neuf ?

— J'aurais cru que vous seriez allé voir tout de suite la jeune fille en question.

— Mon cher Watson, si son vieux père brisé de chagrin ne parvient pas à l'émouvoir, comment moi, un inconnu, y réussirais-je ? Et pourtant si tout le reste échoue, il faudra bien que je m'y décide. Mais je pense que nous devons commencer en partant d'un angle différent. M'est avis que Shinwell Johnson pourrait m'aider. »

Je n'ai pas eu jusqu'ici l'occasion de citer le nom de Shinwell Johnson, parce que j'ai peu parlé des affaires se rattachant à la dernière phase de la carrière de mon ami. Au cours des premières années de ce siècle il était devenu un adjoint capable. Johnson, je suis désolé d'avoir à le dire, se fit d'abord remarquer sous les traits d'un dangereux coquin, et il purgea deux condamnations à Parkhurst. Après quoi il se repentit et s'associa avec Holmes. Il fut son agent au sein de la formidable pègre londonienne, et il lui fournit des renseignements qui se révélèrent souvent d'une importance décisive. Si Johnson avait été un indicateur de la police il aurait été rapidement démasqué ; mais comme il travaillait sur des affaires qui n'aboutissaient jamais directement devant les tribunaux, ses anciens compagnons ignoraient tout de ses nouvelles activités. Auréolé de ses deux condamnations au bagne, il pénétrait dans tous les night-clubs, tous les asiles de nuit, tous les cercles de jeux de la capitale, et son cerveau fécond ainsi que ses dons d'observation avaient fait de lui un agent de renseignements idéal. C'était donc à cet informateur qu'avait pensé Holmes.

Il me fut impossible de suivre toutes les démarches qu'entreprit immédiatement mon ami, car j'avais de mon côté différentes tâches professionnelles à accomplir, mais il me fixa rendez-vous le soir chez Simpson où, assis devant une petite table près de la fenêtre, il me donna quelques nouvelles, tout en observant le flux des passants dans le Strand.

« Johnson est parti en chasse, me dit-il. Il me ramènera peut-être quelques ordures tirées des recoins les plus sombres du monde souterrain de la pègre, mais c'est là-dedans, parmi les racines du crime, que nous devons fouiller pour percer les secrets de cet homme.

— Mais puisque la demoiselle ne veut pas admettre ce qui est déjà connu, pourquoi une nouvelle découverte, faite par vous, la détournerait-elle de son dessein ?

— Qui sait, Watson ? Le cœur et l'esprit d'une femme sont des énigmes insolubles pour un mâle. Un meurtre peut être pardonné, une offense bien moindre peut ulcérer. Le baron Gruner m'a dit...

— Il vous a dit !

— Oh ! c'est vrai, je ne vous avais pas communiqué mes projets ! Eh bien, Watson, j'aime le combat de près. J'aime affronter un adversaire face à face et voir de mes propres yeux la substance dont il est fait. Après avoir remis mes instructions à Johnson, j'ai pris un fiacre, je suis allé à Kingston, et j'ai trouvé mon baron d'une humeur très aimable.

— Vous a-t-il reconnu ?

— Il n'a pas eu de difficultés pour me reconnaître, puisque je m'étais fait précéder de ma carte. C'est un excellent antagoniste, froid comme du marbre, qui a la voix suave et douce de certains de vos malades à la mode, mais qui est aussi venimeux qu'un cobra. Il a de la branche ; je le considère comme un véritable aristocrate du crime qui vous invite à prendre une tasse de thé mais qui a la cruauté d'un tombeau. Oui, je suis ravi de m'être intéressé au baron Adelbert Gruner !

— Vous dites qu'il a été aimable ?

— Le chat qui ronronne quand il voit une souris approcher. L'amabilité de certaines personnes est plus mortelle que la violence d'individus plus grossiers. Sa manière de m'accueillir le dépeint assez bien.

« — Je me disais aussi que je finirais par vous rencontrer quelque jour, monsieur Holmes ! m'a-t-il dit. Vous avez été sans doute engagé par le général de Merville afin d'empêcher mon mariage avec sa fille Violet, n'est-ce pas ?

« J'ai répondu que oui.

« — Mon cher monsieur, m'a-t-il déclaré, vous ne ferez que compromettre une réputation pourtant bien méritée : la vôtre. Vous ne pouvez pas réussir dans cette affaire. Vous vous atteleriez à une tâche ingrate, qui ne serait pas sans danger. Permettez-moi de vous conseiller vivement de vous retirer, et tout de suite !

« — Voilà qui est curieux ! ai-je répliqué. C'était exactement l'avis que j'avais l'intention de vous donner. J'ai du respect pour votre cervelle, baron, et le peu que j'ai vu de votre personnalité ne l'a pas diminué. Parlons d'homme à homme. Personne ne veut revenir sur votre passé et vous causer des ennuis. Le passé est le passé, et vous nagez maintenant dans des eaux claires. Mais si vous persistez dans l'idée de ce mariage, vous soulèverez contre vous une foule d'ennemis puissants qui ne vous lâcheront que lorsqu'ils vous auront rendu l'Angleterre intenable. Le sujet en vaut-il la peine ? Vous seriez plus avisé de laisser tranquille la jeune fille. Il ne vous serait pas agréable que certains épisodes de votre passé lui fussent connus.

« Le baron possède quelques poils cosmétiques sous son nez, qui ressemblent aux antennes d'un insecte. Ils se sont mis à s'agiter de plaisir pendant qu'il m'écoutait et il m'a répondu d'abord par un petit rire.

« — Pardonnez mon hilarité, monsieur Holmes, m'a-t-il dit ensuite. Mais c'est vraiment drôle de vous voir essayer de jouer une partie sans avoir la moindre carte dans votre jeu. Je ne crois pas qu'on pourrait mieux faire, mais c'est tout de même amusant. Pas la moindre carte, monsieur Holmes ! Pas le plus petit des atouts mineurs !

« — À ce que vous croyez !

« — À ce que je sais. Permettez-moi de vous éclairer complètement, car mes cartes sont si fortes que je peux les jouer sur table. J'ai eu la chance de conquérir l'entière affection de cette jeune fille. Elle me l'a donnée en dépit du fait que je l'avais mise au courant de tous les malheureux épisodes de mon passé. Je lui ai dit également que certains intrigants, certains individus dangereux (je suppose que vous vous reconnaissez ?) iraient la trouver et lui raconteraient ces histoires, et je l'ai mise en garde tout en lui indiquant comment les recevoir. Avez-vous entendu parler de la suggestion posthypnotique, monsieur Holmes ? Eh bien, vous la verrez à l'œuvre, car un homme qui possède une personnalité peut hypnotiser quelqu'un sans aucune passe de charlatan. Elle est prête à vous accueillir ; je suis certain qu'elle ne vous refusera pas un rendez-vous : elle est très docile aux volontés de son père... sauf sur un petit détail.

« Eh bien, Watson, j'avais l'impression qu'il n'y avait plus grand-chose à dire ; aussi ai-je pris congé avec toute la froideur et la dignité possibles ; mais au moment où j'avais la main sur la poignée de la porte, il m'a arrêté.

« — À propos, monsieur Holmes ! Vous avez connu Le Brun, le détective français ?

« — Oui.

« — Savez-vous ce qui lui est arrivé ?

« — Je crois qu'il a été rossé par quelques apaches de Montmartre et qu'il est infirme pour la vie.

« — Très juste, monsieur Holmes. Par une curieuse coïncidence il s'était mêlé de mes affaires une semaine plus tôt. Ne vous mêlez pas de mes affaires, monsieur Holmes. Cela vous porterait malheur. Plusieurs l'ont expérimenté à leurs dépens. Mon dernier mot : allez de votre côté et moi du mien. Bonsoir !

« Voilà où j'en suis, Watson. Vous êtes au fait des dernières nouvelles.

— Ce baron me paraît dangereux.

— Puissamment dangereux ! Je dédaigne les rodomonts, mais celui-ci est du type d'hommes qui en disent plutôt moins que plus.

— Êtes-vous obligé de vous occuper de lui ? S'il épouse la jeune fille, quelle importance ?

— Étant donné qu'il a indiscutablement assassiné sa dernière femme, je dirais qu'il est très important qu'il n'épouse pas cette jeune fille. Par ailleurs, il y a le client ! Allons, ne discutons pas de cela. Quand vous aurez terminé votre café, vous feriez aussi bien de m'accompagner, car le joyeux Shinwell va venir me faire son rapport. »

Il était déjà à Baker Street quand nous arrivâmes. C'était un colosse au visage rougeaud et vulgaire : deux yeux d'une extrême vivacité étaient le seul signe extérieur de l'esprit rusé qui se dissimulait dans sa tête de brute. Il avait dû plonger dans les bas-fonds de son royaume : en effet, à côté de lui sur le canapé était assise une mince jeune femme rousse dont la figure jeune, pâle, pathétique était si ravagée par le péché et le chagrin qu'on devinait quelles années terribles elle avait vécues.

« Je vous présente Mlle Kitty Winter, annonça Shinwell Johnson en agitant sa main grasse. Ce qu'elle sait... Bah ! elle parlera toute seule ! J'ai mis la main dessus, monsieur Holmes, moins d'une heure après avoir reçu votre message.

— Je ne suis pas difficile à trouver, dit la jeune femme. N'importe qui peut me trouver : l'enfer, Londres... Même adresse pour Porky Shinwell. Nous sommes de vieux copains, Porky, toi et moi. Mais, sapristi ! il en existe un autre qui devrait être dans un enfer plus bas que nous s'il y avait une justice au monde ! C'est l'homme dont vous vous occupez, monsieur Holmes. »

Holmes sourit.

« Je m'associe à vos bons vœux, mademoiselle Winter !

— Si je peux vous aider à l'envoyer là où de droit il a sa place, à votre disposition ! » fit notre visiteuse avec une énergie farouche.

Une intensité de haine passa sur ses traits tirés et dans ses yeux brillants, comme on n'en voit jamais chez un homme et rarement chez une femme.

« Vous n'avez pas besoin de vous occuper de mon passé, monsieur Holmes. Il n'a aucun intérêt. Je suis simplement ce qu'a fait de moi Adelbert Gruner. Si je pouvais l'entraîner !... »

Elle brandit frénétiquement ses mains.

« ... Oh ! si seulement je pouvais l'entraîner dans la fosse où il en a poussé tant !

— Vous savez de quoi il s'agit ?

— Porky Shinwell me l'a dit. Il court après une

autre pauvre idiote, et cette fois il veut l'épouser. Vous, vous voulez l'en empêcher. Eh bien, vous en savez sûrement assez sur ce démon pour empêcher n'importe quelle jeune fille convenable et sensée de vouloir vivre dans la même paroisse que lui.

— Elle a perdu la raison. Elle est follement amoureuse. Elle a été mise au courant. Elle ne tient compte de rien.

— Au courant de l'assassinat ?

— Oui.

— Seigneur ! Elle doit avoir de ces nerfs !

— Elle croit que ce sont des calomnies.

— Ne pouvez-vous pas lui fourrer des preuves sous ses yeux d'idiote ?

— Vous, nous aideriez-vous à l'éclairer ?

— Quoi ! Ne suis-je pas une preuve en chair et en os ? Si je me trouvais devant elle et si je lui disais comment il m'a traitée…

— Vous le feriez ?

— Si je le ferais ? Ah ! oui !

— Eh bien, cela vaudrait la peine d'essayer. Mais il lui a confessé la plupart de ses péchés et elle l'a absous. Je ne crois pas qu'elle accepte de rouvrir le débat.

— Je lui prouverai qu'il ne lui a pas tout dit, déclara Mlle Winter. J'ai été plus ou moins au courant de deux ou trois meurtres qui n'ont pas fait autant de bruit. Il parlait de quelqu'un de sa voix de velours, puis me regardait avec un œil tranquille et disait : “Il est mort il y a un mois.” Il ne parlait pas pour ne rien dire ! Mais j'y faisais peu attention. Comprenez que je l'aimais. Tout ce qu'il faisait me plaisait : exactement comme à cette pauvre folle. Une seule chose me bouleversa. Oui, par le diable ! Sans sa langue menteuse, empoisonnée, qui explique et aplanit tout, je l'aurais quitté cette nuit-là ! Il a un livre. Un livre relié en cuir brun avec une serrure, et ses armes sur la couverture. Je pense qu'il avait bu cette nuit-là ; sinon, il ne me l'aurait pas montré.

— Ce livre ?...

— Je vous dis, monsieur Holmes, que cet homme collectionne les femmes, et qu'il éprouve autant d'orgueil à sa collection de femmes que d'autres à leurs collections de mouches ou de papillons. Il a tout mis dans ce livre. Des instantanés, des noms, des détails, tout enfin ! C'est un livre obscène : un livre qu'aucun homme, même élevé dans le ruisseau, n'aurait pu écrire. Mais c'est quand même le livre d'Adelbert Gruner. *Les âmes que j'ai ruinées*. Il aurait pu inscrire ce titre-là s'il y avait pensé. Néanmoins ça ne sert à rien d'en parler, car le livre ne pourrait pas vous être utile, et, s'il l'était, vous ne pourriez pas l'avoir.

— Où est-il ?

— Comment vous dire où il se trouve maintenant ? Il y a plus d'un an que j'ai quitté Adelbert. Quand j'étais avec lui je savais où il le gardait. Par beaucoup de côtés il ressemble à un chat : il en a la propreté et la précision. Le livre est peut-être dans le vieux meuble de son bureau privé. Vous connaissez sa maison ?

— Je suis allé dans son bureau, répondit Holmes.

— Tiens, déjà ? Vous n'êtes pas fainéant, si vous n'êtes parti en guerre que ce matin. Peut-être que le cher Adelbert a trouvé pour une fois un rival à sa taille ! Le bureau où vous l'avez vu est celui qui contient les porcelaines chinoises, dans un gros buffet entre les fenêtres. Derrière sa table se trouve la porte qui ouvre sur le bureau privé : une petite pièce où il conserve des papiers et toutes sortes de choses.

— N'a-t-il pas peur des cambrioleurs ?

— Adelbert n'est pas un poltron. Personne, même pas son pire ennemi, n'oserait le dire. Il est capable de veiller sur sa vie. La nuit, une sonnerie d'alarme fonctionne. Et puis, qu'y a-t-il chez lui qui puisse intéresser un cambrioleur? À moins qu'il ne lui dérobe ses porcelaines chinoises!

— Pas intéressant! trancha Shinwell Johnson avec l'autorité d'un expert. Aucun receleur ne voudrait d'un truc qu'on ne peut ni fondre ni vendre.

— D'accord! fit Holmes. Eh bien, mademoiselle Winter, si vous vouliez revenir ici demain après-midi à cinq heures, j'aurai entre-temps réfléchi à votre proposition de voir la jeune fille, et j'aurai examiné si un rendez-vous peut être aménagé. Je vous suis excessivement obligé de votre collaboration. Je n'ai pas besoin de vous dire que mon client sera d'une libéralité...

— Rien à faire! s'écria la jeune femme. Je ne suis pas ici pour de l'argent. Que je voie cet homme dans la boue, et j'aurai ma récompense. Dans la boue et mon pied dessus pour écraser sa figure maudite! Je ne veux pas autre chose. Je vous verrai demain, et n'importe quand aussi longtemps que vous vous occuperez de lui. Porky vous dira où l'on peut me trouver.»

*

Je ne revis pas Holmes avant le lendemain soir, où nous dînâmes ensemble à notre restaurant du Strand. Il haussa les épaules quand je lui demandai si son entretien avait bien tourné. Puis il me raconta l'histoire que je répète sous une forme adoucie.

«Mon rendez-vous me fut accordé sans aucune difficulté, car la jeune fille fait exprès de témoigner une abjecte obéissance filiale pour toutes les choses secondaires, afin de racheter sa désobéissance pour ses fiançailles. Le général me téléphona que tout était prêt, et la féroce Mlle Winter, exacte au rendez-vous, monta avec moi dans un fiacre qui nous déposa à cinq heures et demie devant le 104 de Berkeley Square où habite le vieux soldat: l'un de ces affreux castels gris de Londres auprès desquels une église paraît frivole. Un chasseur nous introduisit dans le grand salon tendu de jaune : là se trouvait la jeune fille qui nous attendait ; elle était pâle, grave, distante, aussi inflexible et froide qu'un névé sur une montagne.

« Je ne vois pas très bien comment vous la dépeindre, Watson. Peut-être la rencontrerez-vous avant la fin de l'histoire, et vous pourrez utiliser vos dons d'écrivain. Elle est belle, mais de cette beauté éthérée d'un autre monde qu'on trouve parfois sur des fanatiques dont la pensée ne quitte jamais les cimes. Chez les vieux maîtres du Moyen Âge j'ai vu des visages qui ressemblaient au sien. Comment un fauve a-t-il pu poser ses vilaines griffes sur un être pareil ? Voilà qui me dépasse. Vous savez que les extrêmes s'attirent : le spirituel est attiré par l'animal, l'homme des cavernes par l'ange. Ce cas est le pire de tous ceux que vous pourriez imaginer.

« Elle connaissait évidemment le motif de notre visite ; le bandit n'avait pas tardé à la prévenir contre nous. L'arrivée de Mlle Winter la surprit un peu, je pense, mais elle nous désigna deux fauteuils avec la mine de la révérende mère d'une abbaye recevant deux mendiants lépreux. Si vous avez envie un jour de vous gonfler d'importance, mon cher Watson, prenez donc des leçons chez Mlle Violet de Merville.

« — Monsieur, me dit-elle d'une voix qui évoquait irrésistiblement le vent qui descend d'un iceberg, votre nom ne m'est pas inconnu. Vous êtes venu ici, si j'ai bien compris, pour calomnier mon fiancé le baron Gruner. Ce n'est que sur les instances de mon père que je vous reçois, et d'avance je vous avertis que rien de ce que vous me direz n'affectera mes dispositions.

« Elle me fit de la peine, Watson. Sur le moment je la regardai comme j'aurais regardé ma propre fille. Je ne suis pas souvent éloquent. Je me sers de ma tête, non de mon cœur. Mais vraiment je plaidai devant elle avec toute la chaleur des mots que je puisais dans mon tempérament. Je lui décrivis l'épouvantable situation de la femme qui a la révélation du caractère d'un homme seulement après qu'elle l'a épousé : une femme qui doit subir les caresses de mains sanglantes et de lèvres impures. Je ne lui épargnai rien : la honte, la peur, l'angoisse, le désespoir qu'elle se promettait en l'épousant. Toutes mes phrases furent impuissantes à amener un peu de couleur sur ces joues ivoirines, ou une lueur d'émotion dans son regard perdu au loin. Je pensai à ce que le coquin m'avait dit à propos de l'influence posthypnotique. De fait on pouvait croire qu'elle vivait au-dessus de la terre dans une sorte de rêve extatique. Et pourtant elle me répondit avec une précision toute matérielle.

« — Je vous ai écouté patiemment, monsieur Holmes. L'effet de vos propos sur mon esprit est exactement celui que je vous avais prédit. Je sais qu'Adelbert, que mon fiancé a traversé de nombreux orages au cours desquels il s'est attiré des haines féroces et des aversions parfaitement injustes. Vous êtes le dernier venu de toute une série de calomniateurs. Il est possible que vous me vouliez du bien, quoique j'aie appris que vous étiez un agent payé, et que vous auriez aussi bien défendu les intérêts du baron que ceux de ses ennemis. Mais n'importe. Je veux que vous compreniez une fois pour toutes que je l'aime, qu'il m'aime, et que l'opinion du monde ne m'impressionne pas davantage que les piaillements des oiseaux de l'autre côté de la fenêtre. Si sa noble nature a jamais eu des défaillances, peut-être lui suis-je précisément destinée afin de la relever au niveau supérieur dont elle est digne. Mais je n'ai pas bien saisi, ajouta-t-elle en tournant son regard vers Mlle Winter, qui peut être cette jeune dame.

« J'allais lui répondre quand la fille intervint à la manière d'un tourbillon. Imaginez le feu et la glace face à face.

« — Je vais vous dire qui je suis ! s'écria-t-elle en bondissant de son siège et la bouche tordue de passion. Je suis sa dernière maîtresse. Je suis l'une des cent femmes qu'il a tentées, séduites, ruinées, et jetées au rebut, comme il le fera avec vous. Ce rebut, pour vous, sera vraisemblablement le tombeau ; peut-être cela vaudra-t-il mieux. Je vous le dis, pauvre folle : si vous épousez cet homme, il sera votre mort ! Ou bien il brisera votre cœur ou il vous tordra le cou ; mais vous n'échapperez pas à la mort. Ce n'est pas par amour pour vous que je parle. Je me soucie comme d'une guigne que vous viviez ou que vous mouriez. C'est par haine contre lui, par rancune, pour lui rendre ce qu'il m'a fait. Ce n'est pas la peine de me regarder comme vous le faites, ma belle mademoiselle, car vous pourriez vous trouver plus bas que moi avant peu !

« — Je préférerais ne pas avoir à discuter de pareilles choses, dit froidement Mlle de Merville. Je vous répète une dernière fois que je connais trois épisodes de la vie de mon fiancé, au cours desquels il a eu affaire avec des intrigantes, et je suis assurée de son sincère repentir pour tout le mal qu'il a pu commettre.

« — Trois épisodes ! hurla ma compagne. Idiote ! Pauvre idiote ineffable !

« — Monsieur Holmes, je vous serais reconnaissante de mettre un terme à cet entretien, dit la voix de glace. J'ai obéi à mon père en vous recevant, mais je ne suis nullement forcée d'écouter les délires de cette personne.

« Le juron aux lèvres, Mlle Winter se rua en avant : si je ne lui avais pas saisi le poignet, elle aurait attrapé aux cheveux la fille du général. Je la tirai vers la porte, et j'eus la chance de la flanquer dans un fiacre sans soulever de scandale public : elle ne se possédait plus. Quant à moi, Watson, quoique plus froid, j'étais furieux : c'est très déprimant de se heurter à une attitude hautaine, distante, et au suprême contentement de soi de la femme qu'on essaie de sauver… Vous voilà au fait de la situation. Il est évident que je dois manigancer autre chose, une nouvelle ouverture, car cette petite confrontation n'aura aucun effet. Je garderai le contact avec vous, Watson : il est plus que probable que je vous réserverai un rôle à jouer dans ma prochaine pièce ; mais après tout l'acte suivant pourrait bien être signé d'eux. »

Il avait deviné juste. Leur coup s'abattit. Ou plutôt son coup à lui, car jamais je ne pourrai croire qu'elle s'y associa. Je crois que je pourrais sans me tromper vous montrer les pavés où je me tenais quand mes yeux tombèrent sur l'affichette d'un journal : l'horreur transperça mon âme. Cela se passait entre le Grand Hôtel et la gare de Charing Cross. Un unijambiste étala les journaux du soir et leurs panneaux-réclame. Ma dernière conversation avec Holmes avait eu lieu deux jours plus tôt. Là, en lettres noires sur fond jaune, se détachait la manchette suivante :

Attentat criminel
contre
Sherlock Holmes

Je crois que je demeurai cloué sur place quelques instants. Il me semble qu'ensuite j'arrachai un journal des mains du marchand, que je me fis invectiver parce que je ne l'avais pas payé, et que j'allai me réfugier devant la porte d'une pharmacie pour lire l'entrefilet fatal. En tout cas voici son texte :

« Nous apprenons avec regret que M. Sherlock Holmes, le célèbre détective privé, a été ce matin victime d'une agression criminelle qui l'a laissé dans un état sur lequel il est trop tôt pour se prononcer. Les détails manquent encore, mais l'événement a dû se produire vers midi dans Regent Street, près du Café Royal. Deux individus armés de cannes ont attaqué M. Holmes qui a reçu de multiples coups sur le corps et sur la tête ; les médecins considèrent son cas comme grave. Il a été transporté au Charing Cross Hospital, mais il a insisté pour être ramené chez lui à Baker Street. Ses agresseurs étaient correctement vêtus, — ils ont échappé à leurs poursuivants en traversant le Café Royal et en sortant par-derrière dans Glasshouse Street. Ils appartiennent sans aucun doute à cette société du crime qui a eu tant d'occasions de se plaindre de l'activité et de l'habileté du blessé. »

Faut-il que j'ajoute qu'aussitôt je me jetai dans un fiacre et que je me fis conduire à Baker Street ? À la porte attendait le landau de Sir Leslie Oakshott ; je me heurtai dans le vestibule au célèbre chirurgien.

« Aucun danger immédiat ! me dit-il. Deux déchirures au cuir chevelu et de nombreuses meurtrissures. Plusieurs points de suture ont été indispensables. Je lui ai injecté de la morphine et il lui faut du repos. Mais je vous autorise à le voir quelques minutes. »

Cette permission obtenue, je me précipitai dans la chambre où il faisait presque noir. Le malade était parfaitement éveillé ; dans un murmure rauque il m'appela. Le store était aux trois quarts baissé, mais un rayon de soleil tapait dedans et j'aperçus la tête bandée du blessé. Une traînée rouge avait traversé les compresses blanches. Je m'assis à côté de lui et je hochai la tête.

« Tout va bien, Watson. Ne faites pas cette figure-là ! me chuchota-t-il d'une voix très affaiblie. Le mal n'est pas si grand qu'il paraît.

— Dieu merci !

— Je ne suis pas mauvais à la canne, vous savez. J'ai détourné la plupart des coups. Mais ils étaient deux : le deuxième était de trop.

— Que puis-je faire, Holmes ? Naturellement, c'est ce maudit baron qui est à l'origine de l'agression. Si vous m'y autorisez, je m'en vais de ce pas l'écorcher vif !

— Brave vieux Watson ! Non, nous ne pouvons rien faire avant que la police ait mis le grappin sur ses acolytes. Mais ils avaient bien préparé leur fuite. Attendez un peu. J'ai mes plans. La première chose à faire est d'exagérer la gravité de mes blessures. On viendra vous demander de mes nouvelles, Watson. Forcez la dose. Dites que j'aurai bien de la chance si je passe la semaine. Parlez de délire, de folie, de ce que vous voudrez. Vous n'en direz jamais trop !

— Mais Sir Leslie Oakshott ?

— Oh ! pour lui aucune inquiétude ! Il annoncera le pire. J'y veillerai.

— Rien d'autre ?

— Si. Prévenez Shinwell Johnson et dites-lui qu'il mette la fille à l'abri. Ces champions vont maintenant s'attaquer à elle. Ils savent qu'elle est dans la course. Puisqu'ils ont osé s'en prendre à moi, il est probable qu'ils ne l'oublieront pas, elle. C'est urgent. Faites-le dès ce soir.

— J'y vais. Rien de plus ?

— Mettez ma pipe sur la table, ainsi que la pantoufle à tabac. Parfait ! Venez me voir chaque matin et nous établirons notre plan de campagne. »

Je m'arrangeai avec Johnson le soir même pour qu'il expédie Mlle Winter dans une banlieue paisible, et qu'il l'y maintienne jusqu'à ce que tout danger ait disparu.

Pendant six jours le public demeura sous l'impression que Holmes était à la mort. Les bulletins de santé étaient très alarmants et les journaux publièrent des nouvelles sinistres. Mes visites régulières au malade me permirent de constater qu'il était loin d'être aussi gravement atteint. Sa robuste constitution et sa volonté de fer faisaient merveille. Il se rétablissait vite, et je me demandais parfois s'il ne se sentait pas mieux qu'il ne l'avouait, même à moi. En cet homme il y avait une curieuse manie du secret qui permettait des effets dramatiques, mais qui ne permettait même pas à son plus fidèle ami de deviner ses projets. Il poussait à l'extrême l'axiome selon lequel le conspirateur le plus assuré de réussir est celui qui conspire tout seul. J'étais plus proche de lui que n'importe qui au monde, et cependant je savais qu'un abîme nous séparait.

Le septième jour on lui retira les agrafes. Les journaux du soir annoncèrent qu'il était atteint d'érysipèle. Ce même soir ils annoncèrent aussi une nouvelle que j'étais tenu de communiquer à mon ami, qu'il fût malade ou bien portant. Parmi les passagers du bateau *Ruritania* de la compagnie Cunard en partance vendredi de Liverpool figurait le baron Adelbert Gruner qui avait à régler d'importantes affaires financières aux États-Unis avant son mariage imminent avec Mlle Violet de Merville, fille unique de..., etc. Holmes écouta cette nouvelle avec une froideur concentrée. Sa pâleur me révéla à quel point elle le frappait.

« Vendredi ! s'exclama-t-il enfin. Plus que trois jours ! Je crois que le coquin veut se mettre hors de danger. Mais il n'y parviendra pas, Watson ! Par le Seigneur, il n'y parviendra pas ! Dites, Watson, je voudrais que vous fassiez quelque chose pour moi.

— Je suis ici pour vous être utile, Holmes.

— Eh bien, consacrez les prochaines vingt-quatre heures à étudier de près les porcelaines chinoises. »

Il ne me donna pas d'autres explications, et je ne lui en demandai aucune. Une longue expérience m'avait enseigné à obéir sans discuter. Mais quand j'eus quitté sa chambre, je descendis Baker Street tout en cherchant comment je pourrais accomplir sa volonté. Finalement je me fis conduire à la London Library de St. Jame's Square, exposai mon projet à mon ami Lomax le sous-bibliothécaire, et regagnai mon appartement avec un gros volume sous le bras.

On dit de l'avocat qui a étudié un dossier avec beaucoup de soin qu'il est capable de «coller» un expert le lundi mais que le samedi il a totalement oublié toutes ses connaissances fraîchement acquises. Certainement je ne voudrais pas poser maintenant à l'expert en matière de céramique! Et cependant tout le soir et toute la nuit (avec juste un bref intervalle pour me reposer) et tout le lendemain matin j'appris des tas de choses et je me bourrai la tête de noms. J'appris les poinçons des grands artistes-décorateurs, le mystère des dates cycliques, les marques du Hung-wu et les beautés du Yunglo, les écritures de Tang-ying et les gloires de la période primitive du Sung et du Yuan. Ployant sous le faix de tous ces renseignements, je me rendis le lendemain soir chez Holmes. Il s'était levé (ce que vous n'auriez pas pu deviner d'après les communiqués destinés au public) et il était assis dans son fauteuil préféré; sa tête entourée de bandages reposait sur la main.

«Ma foi, Holmes, lui dis-je, à en croire les journaux, vous êtes agonisant!

— C'est exactement l'impression que je veux répandre. Et vous, Watson, avez-vous bien appris votre leçon?

— Du moins j'ai essayé.

— Bravo! Vous sentez-vous capable de soutenir une conversation intelligente sur ce sujet?

— Je crois que oui.

— Alors passez-moi cette boîte sur la cheminée.»

Il ouvrit le couvercle et exhiba un petit objet soigneusement enveloppé dans une fine soie d'Orient. Il la déplia et découvrit une soucoupe délicate d'un bleu profond extraordinaire.

« Il faut la manipuler avec précaution, Watson. C'est de la vraie porcelaine coquille d'œuf de la dynastie Ming. On n'a jamais rien fait de mieux depuis. Un service complet vaudrait un prix royal. En fait je ne crois pas qu'il en existe un en dehors de celui qui se trouve au palais impérial de Pékin. La vue de cet objet rendrait fou un vrai connaisseur.

— Et que dois-je en faire ? »

Holmes me tendit une carte sur laquelle était gravé : « Dr. Hill Barton, 369 Half Moon Street. »

« Voilà comment vous vous appellerez ce soir, Watson. Vous allez vous rendre auprès du baron Gruner. Je connais quelques-unes de ses habitudes. À huit heures et demie il sera probablement libre. Un billet l'avertira à temps que vous passerez chez lui ; vous lui direz que vous lui apportez un échantillon d'un service parfaitement unique de porcelaine Ming. Vous pouvez bien être médecin, puisque c'est un rôle que vous jouez sans duplicité. Mais vous êtes surtout collectionneur, ce service vous a échu par hasard, vous aviez entendu parler de l'intérêt que porte le baron aux porcelaines, et vous êtes disposé à le lui vendre un bon prix.

— Quel prix ?

— Bonne question, Watson ! Vous seriez vite démasqué si vous ne connaissiez pas la valeur de cette marchandise. Cette soucoupe m'a été apportée par Sir James ; elle vient, d'après ce que j'ai compris, de la collection de son client. Vous n'exagérerez point en affirmant qu'elle n'a pour ainsi dire pas sa pareille au monde.

— Peut-être pourrais-je proposer que le service soit soumis à l'estimation d'un expert ?

— De mieux en mieux, Watson ! Vous êtes éblouissant aujourd'hui. Proposez Christie ou Sotheby.

Votre délicatesse vous empêche de fixer vous-même un prix.

— Mais s'il ne me reçoit pas ?

— Oh ! si, il vous recevra. Il est atteint de collectionnite aiguë, et il a la manie des porcelaines chinoises : c'est une autorité reconnue, ne l'oubliez pas ! Asseyez-vous, Watson, et je vais vous dicter la lettre. Pas la peine de solliciter une réponse. Vous annoncerez tout bonnement votre visite, et le motif de cette visite. »

Ce fut un document admirable : bref, courtois, de nature à stimuler la curiosité du connaisseur. Un commissionnaire du quartier fut prié d'aller le porter à l'adresse indiquée. Le soir même, la précieuse soucoupe à la main et la carte du docteur Barton dans ma poche, je partis pour l'aventure : pour mon aventure.

*

La maison et tout le domaine indiquaient que le baron Gruner était, comme Sir James l'avait dit, fort riche. La longue avenue qui serpentait était bordée de massifs rares et débouchait sur un grand carré de graviers orné de statues. L'endroit avait été aménagé par un roi de l'or de l'Amérique du Sud au temps du grand boom. La longue maison basse avec ses tourelles aux angles (véritable cauchemar pour un architecte !) en imposait par ses dimensions et par son assise. Un maître d'hôtel qui n'aurait pas déparé un banc d'archevêque m'ouvrit la porte et me confia aux bons soins d'un chasseur vêtu de peluche. Enfin le baron me reçut.

Il se tenait debout auprès d'un grand meuble placé entre les deux fenêtres et qui renfermait une partie de sa collection de Chine. Quand j'entrai, il se tourna vers moi ; il tenait à la main un petit vase brun.

« Je vous en prie, docteur, asseyez-vous ! me dit-il. J'étais en train de contempler mes trésors et je me demandais si je pouvais réellement leur en ajouter un. Ce petit échantillon de Tang, qui date du VIIe siècle, vous intéresserait sans doute. Je suis sûr que vous n'avez jamais vu un travail plus délicat ni un coloris plus riche. Avez-vous la soucoupe Ming dont vous m'avez parlé ? »

Je défis précautionneusement mon paquet et je la lui tendis. Il s'assit devant son bureau, approcha la lampe car il faisait sombre, et entreprit de l'examiner. Pendant qu'il la considérait sous tous ses angles, la lumière jaune éclairant sa physionomie me permit de l'étudier à mon aise.

Il était réellement très bel homme. La réputation que sa beauté avait acquise en Europe était méritée. Il était d'une taille moyenne, mais d'une charpente gracieuse et souple. Il avait le visage bronzé, presque oriental, avec de grands yeux noirs langoureux qui devaient exercer sur les femmes un facile pouvoir de fascination. Cheveux et moustache étaient noir corbeau. La moustache était courte, effilée, cosmétiquée. Mais si je n'avais jamais vu de bouche d'assassin, j'en avais une devant moi : on aurait dit une entaille sur la figure, mince, impitoyable, terrible. Il avait tort d'en écarter la moustache, car cette bouche était le signal d'alarme de la nature, un avertissement pour ses victimes éventuelles. Il avait la voix engageante, des manières parfaites. Je lui aurais donné un peu plus de trente ans ; en réalité, comme je l'appris plus tard, il en avait quarante-deux.

« Très jolie ! En vérité très jolie ! fit-il enfin. Et vous dites que vous en avez un service de six ? Ce qui me confond, c'est que je n'avais pas entendu parler de ces magnifiques spécimens ! Je ne connais qu'un service en Angleterre capable de rivaliser avec eux ; encore n'est-il certainement pas sur le marché.

Serait-ce indiscret si je vous demandais, docteur Barton, comment vous l'avez entre les mains ?

— Est-ce que cela vous intéresse vraiment? répliquai-je avec autant d'insouciance que j'en fus capable. Vous pouvez voir que cette pièce est authentique ; quant à sa valeur je me fierai tout simplement à l'estimation d'un expert.

— C'est très mystérieux ! murmura-t-il tandis que dans ses yeux noirs s'allumait une rapide flamme de soupçon. Quand on traite sur des objets d'une telle valeur, il est normal qu'on désire tout connaître sur la transaction. L'authenticité de cette pièce est incontestable. Je ne la mets nullement en doute. Mais supposez (je suis bien obligé de faire entrer en ligne de compte toutes les hypothèses) qu'il s'avère ultérieurement que vous n'aviez pas le droit de vendre ?

— Je vous garantirais contre une pareille objection.

— Ce qui pose le problème de savoir quel crédit je pourrais accorder à votre garantie.

— Mes banquiers vous répondraient.

— Bien. Mais il n'empêche que toute transaction me paraît hors des normes.

— Vous pouvez faire affaire ou non, dis-je avec un air suprêmement détaché. Je me suis adressé à vous d'abord, parce que j'avais appris que vous étiez un connaisseur. Mais ailleurs je n'aurai pas de difficultés.

— Qui vous a dit que j'étais un connaisseur ?

— J'ai su que vous aviez écrit un livre sur le sujet.

— L'avez-vous lu ?

— Non.

— Mon Dieu, je comprends de moins en moins ! Vous êtes un connaisseur et un collectionneur ; vous possédez une pièce de grande valeur dans votre collection ; et cependant vous n'avez même pas pris la peine de consulter le seul livre qui vous aurait renseigné sur le sens et la valeur de ce que vous détenez. Comment me l'expliquez-vous ?

— Je suis très occupé. Je suis médecin. J'ai une clientèle.

— Ce n'est pas une réponse. Si un homme a une manie, il s'y consacre, quelles que soient ses autres occupations. Vous disiez dans votre lettre que vous étiez un connaisseur.

— C'est vrai.

— Puis-je vous poser quelques questions pour le vérifier ? Je suis obligé de vous dire, docteur (en admettant que vous soyez docteur), que ce marché me paraît de plus en plus suspect. Je voudrais vous demander ce que vous savez de l'empereur Shomu et comment vous l'associez avec le Shoso-in près de Nara ? Cela vous embarrasse ? Eh bien, parlez-moi donc de la dynastie des Wei du Nord et de sa place dans l'histoire de la céramique ! »

Je bondis de mon fauteuil en feignant la colère ;

« Voilà qui est intolérable, monsieur ! m'écriai-je. Je suis venu ici pour vous accorder une préférence, non pour être interrogé comme un écolier. Ma science sur ces sujets peut être inférieure à la vôtre, mais je ne répondrai certainement pas à des questions posées d'une manière aussi injurieuse. »

Il me regarda fixement. Toute langueur avait disparu de ses yeux. Puis soudain ceux-ci étincelèrent. J'entrevis l'éclat des dents blanches entre les lèvres cruelles.

« Quel jeu jouez-vous ? Vous êtes venu ici pour m'espionner. Vous êtes un émissaire de Holmes. Vous essayez de me duper. Il paraît que Holmes est mourant ; alors il m'adresse ses valets pour me surveiller. Vous êtes entré ici sans ma permission, mais, pardieu ! vous trouverez plus difficile de sortir que d'entrer. »

Il s'était levé d'un bond, et je reculai, me préparant à son attaque, car l'homme était hors de lui.

Peut-être m'avait-il soupçonné dès l'abord ; en tout cas cet interrogatoire lui avait révélé la vérité ; il était clair que je ne pouvais plus espérer lui faire illusion. Il plongea ses mains dans un tiroir et le fouilla fébrilement. Mais il dut surprendre un bruit, car il s'arrêta pour écouter.

« Ah ! » cria-t-il.

Et il se rua dans la pièce qui se trouvait derrière lui.

En deux pas, j'arrivai à la porte. Toujours je me rappellerai la scène qui suivit. La fenêtre de cette deuxième pièce donnait sur le jardin, elle était grande ouverte. À côté de la fenêtre, semblable à un fantôme terrible, le visage tiré et livide, se tenait Sherlock Holmes. L'instant d'après il avait foncé de l'autre côté ; je l'entendis écraser les lauriers du jardin. Avec un hurlement de rage le maître de la maison se précipita à sa poursuite par la fenêtre ouverte.

Et alors... Oh ! ce fut fait en une seconde ! Je vis tout clairement, pourtant ! Un bras, le bras d'une femme, surgit d'entre les branches de laurier. Au même moment le baron poussa un cri horrible. Je l'entendrai toujours. Il plaqua ses deux mains sur son visage et revint dans la pièce en courant ; dans sa course, il se cognait la tête contre les murs. Puis il tomba sur le tapis, boula et se tordit par terre, pendant que ses cris résonnaient dans toute la maison.

« De l'eau ! Pour l'amour de Dieu, de l'eau ! hurlait-il sans discontinuer.

Je m'emparai d'une carafe sur une table et me hâtai de lui porter secours. Au même moment le maître d'hôtel et plusieurs valets de chambre accoururent. Je me rappelle que l'un d'eux s'évanouit pendant que j'étais agenouillé auprès du blessé et que j'avais exposé son visage atrocement défiguré à la lumière de la lampe. Le vitriol était en train de le ronger et s'égouttait des oreilles et du menton. Un œil était déjà blanc, vitreux. L'autre était rouge et enflammé. La physionomie que j'avais admirée un peu plus tôt ressemblait à une belle toile sur laquelle l'artiste aurait passé une éponge humide et méphitique. Elle était devenue brouillée, décolorée, inhumaine, terrifiante.

En quelques mots j'expliquai exactement ce qui était arrivé, du moins en ce qui concernait l'agression au vitriol. Quelques valets avaient sauté par la fenêtre, d'autres fouillaient le jardin, mais il faisait nuit et la pluie commençait à tomber. La victime ne s'arrêtait de hurler que pour pousser des cris de rage contre celle qui s'était vengée.

« C'est ce chat de l'enfer ! C'est Kitty Winter ! Oh ! la diablesse ! Elle paiera ! Oui, elle paiera ! Oh ! Dieu du Ciel, cette douleur est plus que je ne peux supporter ! »

Je baignai son visage dans l'huile, je mis de l'ouate sur sa peau à vif, je lui administrai une piqûre de morphine. Il oubliait de me soupçonner, tant le choc l'avait bouleversé. Il se cramponnait à mes mains comme si j'avais le pouvoir de redonner vie à ces yeux de poisson mort qui me regardaient. J'aurais pleuré sur ce désastre physique si je ne m'étais souvenu de la vilenie de son existence ; c'était elle la responsable de cette ruine. Je répugnai à sentir l'étreinte de ses mains brûlantes. L'arrivée du médecin de famille me soulagea ; un spécialiste suivit. Un inspecteur de police ne tarda point ; je lui tendis ma vraie carte de visite. Il aurait été puéril et inutile d'agir autrement, car à Scotland Yard tout le monde me connaissait presque autant que Sherlock Holmes. Puis je quittai cette maison sinistre. Moins d'une heure plus tard j'étais à Baker Street.

Holmes était assis dans son fauteuil habituel ; il semblait très pâle, épuisé. Outre ses blessures, les événements de la soirée avaient ébranlé ses nerfs d'acier, et il écouta avec horreur ma description de la transformation du baron.

« Le salaire du péché, Watson ! Le salaire du péché ! me dit-il. Tôt ou tard on le reçoit toujours. Dieu le sait, il avait suffisamment péché ! ajouta-t-il en prenant sur la table un livre brun. Voici le livre dont la fille nous avait parlé. S'il ne rompt pas les fiançailles, rien n'y fera ! Mais il les rompra, Watson. Il le faut ! Aucune femme ayant le respect de soi-même n'y résisterait.

— C'est son carnet d'amour ?

— Ou plutôt de luxure. Appelez-le comme vous voudrez. Dès que la fille Winter nous en avait appris l'existence, j'avais compris qu'il serait une arme formidable si nous pouvions nous en emparer. Je n'en avais rien dit sur le moment, car la fille aurait pu bavarder. Mais j'ai ruminé l'histoire. Et puis il y a eu l'agression : elle m'a fourni la chance de faire croire au baron qu'il n'avait plus besoin de se méfier de moi. Tout s'est passé au mieux. J'aurais bien attendu un peu plus longtemps mais son projet de voyage en Amérique m'a forcé la main. Il ne serait jamais parti en abandonnant derrière lui un document aussi compromettant. J'étais donc obligé d'agir sans délai. Un cambriolage nocturne était impossible, puisqu'il avait combiné un dispositif d'alarme. Mais le soir il y avait un risque à prendre, à condition que je fusse assuré que son attention était retenue ailleurs. Voilà pourquoi vous et votre soucoupe, vous êtes entrés en scène. Seulement il me fallait savoir avec précision où était le livre, car je me doutais bien que je ne disposerais que de quelques minutes pour travailler, mon temps était limité par vos connaissances sur la porcelaine chinoise. Je convoquai donc la fille au dernier moment. Comment aurais-je pu deviner ce que contenait le petit paquet qu'elle portait avec tant de précautions sous son manteau ? J'avais cru qu'elle était venue uniquement pour mon affaire, mais il semble qu'elle s'est occupée aussi de la sienne.

— Il avait deviné que c'était vous qui m'aviez envoyé.

— Je craignais cela. Mais vous l'avez tenu en haleine assez longtemps pour que j'aie pu m'emparer du livre, pas assez toutefois pour que j'aie pu m'enfuir sans avoir été vu. Ah ! Sir James, je suis très content que vous soyez venu ! »

Notre ami mondain répondait à une convocation qui lui avait été adressée tout à l'heure. Il écouta avec le plus vif intérêt le récit de tous les événements.

« Vous avez fait merveille ! Merveille ! s'exclama-t-il. Mais si ces blessures sont aussi terribles que les décrit le docteur Watson, alors notre projet de contrecarrer le mariage réussira sans qu'il soit nécessaire d'utiliser ce livre infâme. »

Holmes hocha la tête.

« Des femmes comme Mlle de Merville ne se conduisent pas ainsi. Elle l'aimerait encore davantage sous les traits d'un martyr défiguré. Non. C'est son aspect moral, pas son aspect physique, que nous devons détruire. Ce livre la ramènera sur terre... Et je ne vois rien d'autre qui y parviendrait. Il est de sa propre écriture. Elle ne peut pas le récuser. »

Sir James emporta le livre et la soucoupe précieuse. Comme j'étais moi-même en retard, je descendis en sa compagnie. Une charrette anglaise l'attendait. Il sauta dedans, donna un ordre bref au cocher qui portait une cocarde, et la voiture s'éloigna rapidement. Il eut beau faire retomber la moitié de son manteau pour recouvrir les armoiries de la portière, j'eus quand même le temps de les reconnaître. J'en demeurai bouche bée. Puis je fis demi-tour et je regagnai la chambre de Holmes.

« J'ai découvert qui est notre client ! m'écriai-je tout fier de ma nouvelle. Eh bien, Holmes, c'est...

— C'est un ami loyal et un gentilhomme chevaleresque, interrompit Holmes en levant une main pour m'arrêter dans mon élan. Que ceci nous suffise maintenant et pour toujours. »

J'ignore comment le livre infâme a été utilisé. Peut-être Sir James s'en est-il chargé. Mais il est plus probable qu'une mission aussi délicate a été confiée au père de la jeune fille. En tout cas l'effet a été décisif et conforme à nos espoirs. Trois jours plus tard le *Morning Post* publiait un entrefilet annonçant que le mariage du baron Adelbert Gruner avec Mlle Violet de Merville n'aurait pas lieu. Le même journal contenait le compte rendu de la comparution de Mlle Kitty Winter devant le tribunal sous la grave inculpation d'avoir lancé du vitriol. Le procès a fait ressortir de telles circonstances atténuantes que le verdict, on s'en souvient, a été le plus indulgent possible. Sherlock Holmes s'est trouvé menacé de poursuites pour cambriolage, mais quand un objectif est bon et un client suffisamment célèbre, la loi anglaise elle-même devient humaine et élastique. Mon ami ne s'est pas encore assis sur le banc des inculpés.

L'AVENTURE DU SOLDAT BLANCHI

Mon ami Watson n'a pas beaucoup d'idées ; mais il s'entête sur celles qui lui viennent à l'esprit. Depuis longtemps il me supplie de raconter l'une de nos aventures. Peut-être suis-je un peu le responsable de cette persécution, car j'ai eu maintes fois l'occasion de lui signaler combien ses propres récits étaient superficiels et de l'accuser de sacrifier au goût du public plutôt que de se confiner dans les faits et les chiffres.

« Essayez donc vous-même, Holmes ! » m'a-t-il répliqué.

Je suis obligé de convenir que, plume en main, je commence à comprendre que l'affaire doit être présentée de manière qu'elle suscite l'intérêt du lecteur. Le cas auquel je pense y parviendra sans doute, il compte en effet parmi les plus étranges de ma collection, quoique Watson ne l'ait pas dans la sienne. Puisque je parle de mon vieil ami et biographe, je saisis l'occasion de faire remarquer que si je m'alourdis d'un compagnon dans mes diverses petites enquêtes ce n'est ni par sentiment ni par caprice : c'est parce que Watson possède en propre quelques qualités remarquables, auxquelles dans sa modestie il accorde peu d'attention, accaparé qu'il est par celle qu'il voue (exagérément) à mes exploits. Un associé qui prévoit vos conclusions et le cours des événements est toujours dangereux ; mais le collaborateur pour qui chaque événement survient comme une surprise perpétuelle, et pour qui l'avenir demeure constamment un livre fermé, est vraiment un compagnon idéal.

Mon carnet de notes me rappelle que c'est en janvier 1903, juste après la fin de la guerre des Boers, que je reçus la visite de M. James M. Dodd, gros Anglais assez jeune, bien campé, au visage hâlé. Le brave Watson m'avait à l'époque abandonné pour se marier : c'est l'unique action égoïste que j'aie à lui reprocher tout au long de notre association. J'étais seul.

J'ai pour habitude de m'asseoir le dos à la fenêtre et de placer mes visiteurs sur le siège d'en face, afin qu'ils soient bien éclairés par la lumière du jour. M. James M. Dodd paraissait se demander comment entamer cet entretien. Je me refusai à l'aider, car son silence me donnait plus de temps pour l'observer. Ayant découvert qu'il n'était pas mauvais d'impressionner mes clients par l'étalage de mes facultés, je voulus lui communiquer certaines de mes conclusions.

« Vous venez d'Afrique du Sud, monsieur, je vois...

— Oui, monsieur ! me répondit-il surpris.

— Volontaire dans la cavalerie impériale, je suppose.

— C'est exact.

— Corps du Middlesex, sans doute ?

— En effet. Monsieur Holmes, vous êtes un sorcier ! »

Sa stupéfaction me fit sourire.

« Quand un gentleman d'un aspect viril entre dans mon salon avec un visage trop bronzé pour le soleil d'Angleterre, et quand il met son mouchoir dans la manche et non dans la poche, il n'est pas difficile de le situer. Vous portez une barbe courte, ce qui révèle que vous n'êtes pas un soldat d'active. Vous avez un costume de cavalier. Pour ce qui est du Middlesex, votre carte m'a déjà informé que vous êtes agent de change dans Throgmorton Street : quel autre régiment auriez-vous rejoint ?

— Rien ne vous échappe !

— Je ne vois pas plus de choses que vous, mais je me suis entraîné à remarquer ce que je vois. Toutefois, monsieur Dodd, ce n'est pas pour discuter sur la science de l'observation que vous êtes venu chez moi ce matin. Que s'est-il passé à Tuxbury Old Park ?

— Monsieur Holmes !...

— Mon cher monsieur, il n'y a aucun mystère. Votre lettre m'est parvenue avec cet en-tête, et vous avez sollicité ce rendez-vous en termes si pressants que je suis sûr que quelque chose de soudain et d'important s'est produit.

— C'est la vérité. Mais j'ai écrit la lettre dans l'après-midi et, depuis, divers événements ont eu lieu. Si le colonel Emsworth ne m'avait pas flanqué à la porte...

— Flanqué à la porte !...

— Oui, cela revient au même. C'est un dur, le colonel Emsworth ! Le plus à cheval sur la discipline de toute l'armée en son temps, et un gaillard au langage rude, aussi ! Je n'aurais pas pu supporter le colonel s'il n'y avait pas eu Godfrey. »

J'allumai ma pipe et m'adossai confortablement.

« Peut-être m'expliquerez-vous de quoi vous parlez ? »

Mon client sourit malicieusement.

« Je commençais à croire que vous saviez tout avant qu'on vous le dise. Je vais vous livrer les faits et j'espère que vous pourrez m'expliquer ce qu'ils signifient. Je n'ai pas fermé l'œil cette nuit parce que je faisais fonctionner ma cervelle ; mais plus je réfléchis, plus l'histoire devient incroyable.

« Quand je me suis engagé en janvier 1901 (il y a juste deux ans), le jeune Godfrey Emsworth avait rejoint le même escadron que moi. C'était le fils unique du colonel Emsworth (Emsworth, avec la Victoria Cross pour la guerre de Crimée), et comme il avait la bagarre dans le sang, il n'est pas étonnant qu'il se soit porté volontaire. Dans le régiment il n'y avait pas plus chic type. Nous devînmes amis, de cette amitié qui ne se noue que lorsqu'on vit la même existence et qu'on partage les mêmes joies et les mêmes peines. Il était mon copain, et dans l'armée un copain, ça compte ! Pendant une année de durs combats nous avons connu ensemble le meilleur et le pire. Puis, au cours d'une action près de Diamond Hill, aux portes de Pretoria, il a reçu une balle d'un fusil pour éléphants. J'ai eu deux lettres de lui : la première émanait de l'hôpital du Cap, la seconde de Southampton. Depuis, pas un mot : pas un seul mot, monsieur Holmes, depuis six mois et plus, et il était mon meilleur copain.

« Quand la guerre a pris fin, nous sommes tous rentrés ; j'ai écrit à son père et je lui ai demandé où se trouvait Godfrey. Pas de réponse. J'ai attendu, puis j'ai récrit. Cette fois j'ai reçu une réponse : brève, bourrue. Godfrey était parti pour faire le tour du monde et il ne rentrerait vraisemblablement pas avant un an. C'était tout.

« Je ne me suis pas contenté de si peu, monsieur Holmes. Tout cela me semblait suprêmement anormal. Godfrey était un bon garçon, incapable de laisser tomber un copain comme ça. Puis j'ai appris qu'il était l'héritier d'une grosse fortune, et aussi que son père et lui ne s'étaient pas toujours très bien entendus. Le vieil homme avait quelque chose d'une brute, et le jeune Godfrey avait trop de caractère pour le supporter. Non, je ne pouvais pas me contenter de si peu, et j'ai décidé de creuser jusqu'à la racine de l'affaire. Toutefois j'ai eu diablement besoin de remettre mes propres affaires en ordre, après deux ans d'absence, et ce n'est que cette semaine que j'ai eu le temps de reprendre le dossier Godfrey. Mais depuis que je l'ai rouvert, j'ai résolu de tout laisser tomber pour voir clair. »

M. James M. Dodd semblait appartenir à cette catégorie d'hommes qu'il vaut mieux avoir pour amis que pour ennemis. Ses yeux bleus étaient sévères, et quand il parlait ses mâchoires se crispaient.

« Bien. Qu'avez-vous fait ? lui ai-je demandé.

— Mon premier mouvement a été d'aller chez lui, à Tuxbury Old Park, près de Bedford, et de tâter le terrain. J'ai donc écrit à sa mère (j'en avais assez de son scrogneugneu de père) et je me suis lancé dans une attaque frontale. Godfrey était mon copain, je n'avais pas oublié nos aventures communes (que je pourrais d'ailleurs lui raconter), je serais dans les environs, voyait-elle un inconvénient à ce que je lui rende visite ? et cætera. En réponse j'ai reçu une lettre fort aimable qui m'invitait à passer vingt-quatre heures chez elle. Je m'y suis rendu lundi.

« Tuxbury Old Hall est inaccessible : à huit kilomètres de tout. Il n'y avait pas de voiture à la gare, et j'ai dû marcher en portant ma valise ; il faisait presque nuit quand je suis arrivé. C'est une grande maison perdue à l'intérieur d'un parc immense. Je crois que toutes les époques sont représentées dans l'architecture, depuis les fondations élizabéthaines à moitié en bois jusqu'à un porche victorien. À l'intérieur tout est en chêne, avec des tapisseries et des vieux tableaux à demi effacés : une véritable maison pour revenants, pleine de mystères. Il y avait un maître d'hôtel, le vieux Ralph, qui paraissait aussi âgé que la maison ; sa femme aurait pu être son aînée ; elle avait été la nourrice de Godfrey, qui m'avait parlé d'elle, la plaçant immédiatement derrière sa mère dans la hiérarchie de ses affections ; j'étais donc attiré par elle en dépit de son étrange physique. La mère, gentille petite souris de femme, me plut aussi. Il n'y avait que le colonel que je ne pouvais pas supporter.

« Nous nous sommes tout de suite chamaillés, et je serais retourné à pied à la gare si je ne m'étais pas dit qu'il fallait que je lise dans son jeu. J'ai été introduit dans son bureau ; il était assis derrière sa table : un colosse un peu voûté, avec une peau noircie et une barbe grise en désordre. Un nez à veines roses faisait saillie comme le bec d'un vautour ; deux yeux féroces et gris m'ont dévisagé sous des sourcils broussailleux. J'ai compris pourquoi Godfrey parlait rarement de son père.

« — Alors, monsieur ? m'a-t-il demandé d'une voix de crécelle. Je voudrais bien connaître les véritables motifs de votre visite."

« Je lui ai répondu que je les avais indiqués dans une lettre à sa femme.

« — Oui. Vous lui avez dit que vous aviez connu Godfrey en Afrique. Nous sommes bien obligés de vous croire sur parole.

« — J'ai ses lettres dans ma poche.

« — Voudriez-vous me les montrer ?

« Il a jeté un coup d'œil sur les deux lettres que je lui tendais, puis il me les a rendues.

« — Alors, de quoi s'agit-il ? a-t-il repris.

« — J'aimais beaucoup votre fils Godfrey, monsieur. De nombreux liens et quantité de souvenirs nous unissaient. N'est-il pas normal que je m'étonne de son silence soudain et que je cherche à savoir ce qu'il est devenu ?

« — J'ai, monsieur, le vague souvenir que j'ai déjà correspondu avec vous et que je vous ai dit ce qu'il était devenu. Il est parti pour accomplir un voyage autour du monde. Après ses aventures en Afrique il était en piteuse santé, sa mère et moi nous sommes tombés d'accord pour reconnaître qu'un repos complet et un changement radical lui étaient nécessaires. Je vous serais reconnaissant de transmettre cette explication à tous ses autres amis.

«— C'est entendu, ai-je répondu. Mais peut-être aurez-vous la bonté de me communiquer le nom du paquebot et celui de la compagnie de navigation. Je pourrai sûrement lui faire parvenir une lettre.

«Ma requête a paru à la fois embarrasser et irriter mon hôte. Il a froncé ses gros sourcils et il a tapoté des doigts sur la table. Il ressemblait tout à fait au joueur d'échecs qui voit son adversaire préparer un dangereux déplacement de pièces et qui a décidé de s'y opposer.

«— Beaucoup de personnes, monsieur Dodd, m'a-t-il dit enfin, prendraient très mal votre opiniâtreté infernale et penseraient que cette insistance a atteint la limite de l'impertinence.

«— Portez-la, monsieur, au crédit de ma sincère affection pour votre fils.

«— Soit. J'ai déjà inscrit beaucoup de choses sur ce compte. Je dois néanmoins vous demander de mettre un terme à vos questions. Toutes les familles ont leur intimité propre et leurs motifs privés. Les étrangers ne peuvent pas toujours les comprendre. Ma femme souhaite vivement entendre parler de l'existence militaire de Godfrey dont vous êtes si bien au courant, mais je tiens beaucoup à ce que vous laissiez de côté le présent et l'avenir. De telles questions seraient inutiles, monsieur, et elles nous placeraient dans une situation délicate, voire difficile.

«J'étais donc dans une impasse, monsieur Holmes. Il n'y avait pas moyen d'en sortir. Je ne pouvais qu'accepter la situation et faire en mon âme et conscience le serment que je n'aurais pas un moment de repos avant que ne soit éclairci le mystère relatif au destin de mon ami. La soirée a été terne. Nous avons dîné tous les trois tranquillement dans une vieille pièce lugubre, mal éclairée. La dame m'a avidement questionné au sujet de son fils, mais le colonel semblait morose, triste. Cette discussion m'avait tellement contrarié que je me suis excusé dès que la décence me l'a permis, et je me suis retiré dans ma chambre. C'était une grande chambre nue au rez-de-chaussée, aussi sinistre que le reste de la maison ; mais quand on a dormi une année sur le veld, monsieur Holmes, on n'est pas trop chatouilleux pour son billet de logement. J'ai ouvert les rideaux et j'ai contemplé le jardin : la nuit était magnifique avec une demi-lune bien nette. Puis je me suis assis auprès du feu, la lampe à côté de moi, et je me suis efforcé de me distraire avec un roman. Ma lecture a été toutefois interrompue par le vieux Ralph qui venait me porter une provision de charbon.

« — J'avais peur que vous ne fussiez à court de charbon pendant la nuit, monsieur. Le vent est aigre, et les chambres fraîches...

« Il a hésité avant de sortir de la pièce ; j'ai levé les yeux : il se tenait devant moi avec un air pensif.

« — ... Je vous demande pardon, monsieur, mais je n'ai pas pu m'empêcher d'écouter ce que vous avez dit à dîner sur le jeune M. Godfrey. Vous savez, monsieur, c'est ma femme qui a été sa nourrice, et moi j'ai été un peu son père nourricier. C'est normal que nous nous intéressions à lui. Alors vous dites qu'il s'est bien conduit, monsieur ?

« — Il n'y avait pas plus brave dans tout le régiment ! Il m'a tiré une fois des fusils des Boers ; sans lui je ne serais pas ici.

« Le vieux maître d'hôtel se frotta les mains osseuses.

« — Oui, monsieur, c'est tout M. Godfrey, cela ! Il a toujours été courageux. Il n'y a pas un arbre du parc, monsieur, au haut duquel il n'ait grimpé.

Rien ne l'arrêtait. C'était un brave enfant... et, oh! monsieur, c'était un homme brave!

« J'ai bondi.

« — Attention! ai-je crié. Vous avez dit: c'était... Vous parlez de lui comme s'il était mort. Qu'est-ce que tout ce mystère? Qu'est devenu Godfrey Emsworth?

« J'ai empoigné le vieillard par l'épaule, mais il s'est esquivé.

« — Je ne sais pas ce que vous voulez dire, monsieur. Demandez au maître. Lui sait. Ce n'est pas à moi de me mettre entre vous deux.

« Il allait quitter la pièce, mais je l'ai retenu par le bras.

« — Écoutez! lui ai-je dit. Vous allez répondre à une seule question avant que vous partiez, même si je dois vous garder ici toute la nuit. Godfrey est-il mort?

« Il n'a pas pu soutenir mon regard. Il était comme un lapin hypnotisé. La réponse s'est échappée de ses lèvres. Elle était aussi terrible qu'imprévue.

« — Je préférerais qu'il fût mort!

« Il a crié cela, s'est libéré et s'est précipité hors de la chambre.

« Vous devinez, monsieur Holmes, dans quel état d'esprit je suis retourné à mon fauteuil. La phrase du vieillard ne me semblait pas offrir beaucoup d'explications. D'évidence, mon pauvre ami avait été impliqué dans une affaire criminelle, ou du moins infamante, qui mettait en cause l'honneur de la famille. Le colonel avait fait partir son fils pour le cacher au reste du monde de peur qu'un scandale n'éclatât. Godfrey était assez aventureux. Il se laissait facilement influencer par son entourage. Sans doute était-il tombé entre de mauvaises mains qui l'avaient entraîné. Sale affaire dans ce cas! Néanmoins mon devoir me commandait de le retrouver, de l'aider. J'étais en train de réfléchir quand j'ai tourné la tête : Godfrey Emsworth est apparu devant moi... »

Mon client s'interrompit, en proie à une émotion profonde.

« Poursuivez, je vous en prie ! lui dis-je. Votre problème présente quelques données tout à fait particulières.

— Il était de l'autre côté de la fenêtre, monsieur Holmes : dehors. Et il collait la tête contre le carreau. Je vous ai dit que j'avais contemplé la nuit. Ensuite j'avais laissé les rideaux partiellement ouverts. Sa silhouette s'est encadrée dans leur entrebâillement. La fenêtre était une porte-fenêtre : je pouvais donc le voir en entier ; mais c'est sa figure qui m'a frappé. Il était mortellement pâle : jamais je n'ai vu d'homme aussi blanc ; je suppose que les fantômes doivent avoir cette blancheur. Mais ses yeux me regardaient, et c'étaient des yeux d'homme vivant. Quand il a vu que je le regardais à mon tour, il a fait un bond en arrière et il a disparu dans la nuit.

« En lui, monsieur Holmes, il y avait quelque chose de troublant. Je ne parle pas de ce visage spectral qui luisait tout blanc comme du fromage dans l'obscurité. Je pense à une impression plus subtile, à quelque chose de furtif, de sournois, de coupable. Quelque chose qui n'avait rien à voir avec le garçon franc et viril que j'avais connu. Je suis demeuré là stupide, horrifié.

« Mais quand on a joué au soldat pendant deux ans avec le frère Boer comme partenaire, on ne perd pas longtemps la tête et on réagit promptement. À peine Godfrey avait-il disparu que j'étais devant la fenêtre. La croisée fonctionnait mal et j'ai eu du mal à l'ouvrir. Finalement j'ai pu passer dans le jardin, et j'ai couru dans l'allée en suivant la direction que je l'avais vu prendre.

« L'allée était longue et la lumière pas trop bonne, mais il m'a semblé apercevoir quelque chose qui se déplaçait devant moi. J'ai continué à courir, je l'ai appelé par son nom, mais sans succès. Quand je suis arrivé au bout de l'allée, je me suis trouvé à un croisement : plusieurs sentiers conduisaient dans diverses directions à des dépendances. Je suis resté hésitant ; c'est alors que j'ai entendu distinctement le bruit d'une porte qui se fermait. Pas derrière moi dans la maison, mais devant moi, quelque part dans l'obscurité. Assez distinctement en tout cas pour que je sois sûr, monsieur Holmes, que je n'avais pas été le jouet d'une hallucination. Godfrey s'était enfui, m'avait fui, et il avait refermé une porte derrière lui. Je l'aurais juré.

« Quoi faire ? J'ai passé une nuit agitée ; j'ai tourné et retourné l'affaire dans ma tête tout en essayant de découvrir une théorie qui rendrait compte de tous les faits. Le lendemain j'ai trouvé le colonel plus conciliant, et comme sa femme observait que dans le voisinage certains endroits ne manquaient pas d'intérêt, j'ai saisi cette occasion pour demander si je ne pourrais pas, sans les déranger, passer chez eux une autre nuit. Un acquiescement bourru du vieil homme m'a donné tout un grand jour pour me livrer à mon inspection. Déjà j'étais persuadé que Godfrey se cachait non loin, mais il me restait à savoir où et pourquoi.

« La maison était si vaste, si pleine de coins et de recoins qu'un régiment aurait pu se dissimuler à l'intérieur sans que personne en eût rien su. Si elle abritait le secret, il serait bien difficile à découvrir. Mais la porte que j'avais entendue se fermer n'était certainement pas une porte de la maison. Je devais donc explorer le jardin. Exploration qui s'annonçait aisée car mes hôtes avaient leurs occupations et me laissaient libre de me promener à mon gré.

« Il y avait plusieurs petites dépendances ; mais

au bout du jardin se dressait un bâtiment isolé assez important, assez grand pour servir de résidence à un jardinier ou à un garde-chasse. Ne serait-ce pas sa porte que j'avais entendue ? Je me suis approché d'un air désinvolte comme si je faisais le tour du domaine. Sur ces entrefaites un petit homme barbu et alerte en habit noir et chapeau melon (pas du tout le type jardinier) est apparu sur la porte. À mon étonnement il l'a refermée derrière lui, à clef, et il a mis la clef dans sa poche. Puis il m'a dévisagé non sans surprise.

« — Vous faites un séjour ici ? m'a-t-il demandé.

« J'ai expliqué qui j'étais et j'ai dit que j'étais un ami de Godfrey.

« — C'est bien dommage, ai-je lancé négligemment, qu'il soit parti en voyage : il aurait été heureux de me voir.

« — Sûrement ! C'est bien vrai ! m'a-t-il répondu d'une manière un peu hypocrite. Mais sans doute reviendrez-vous à une époque plus propice.

« Là-dessus il s'est éloigné ; quand je me suis retourné, j'ai remarqué qu'il était resté à me surveiller, à demi caché par les lauriers qui formaient un massif au bout du jardin.

« J'ai bien regardé la petite maison quand je suis passé devant, mais les fenêtres étaient protégées par de lourds rideaux ; à ce qu'il m'a semblé, elle était vide. Je risquais de gâcher mes chances et même d'être obligé de vider les lieux si j'étais trop audacieux, car je sentais que je continuais d'être surveillé. Je suis donc rentré en flânant à la maison, et j'ai attendu la nuit avant de reprendre mon enquête. Quand il a fait noir et que tout est devenu paisible, je me suis glissé dehors par la fenêtre, et je me suis dirigé aussi silencieusement que possible vers le pavillon mystérieux.

« Je vous ai dit qu'il y avait aux fenêtres de lourds rideaux, mais en plus les volets avaient été fermés.

À travers l'un d'eux cependant brillait une lueur qui a retenu mon attention. J'étais en veine : le rideau n'avait pas été tout à fait tiré, et dans le volet une fente me permettait de voir l'intérieur de la pièce. C'était une pièce assez gaie, avec une grosse lampe et un bon feu. En face de moi était assis le petit bonhomme que j'avais vu le matin. Il fumait la pipe et lisait un journal.

— Quel journal ? » demandai-je.

Mon client parut ennuyé par cette interruption.

« Quelle importance ?

— Une importance extrême.

— Réellement je n'y ai pas fait attention.

— Peut-être avez-vous remarqué s'il avait le format d'un quotidien ou d'un hebdomadaire ?

— Maintenant que vous m'y faites penser, il n'était pas d'un grand format. C'était peut-être le *Spectator*. Mais j'ai eu peu de temps à perdre pour de tels détails, car un deuxième homme était assis le dos à la fenêtre, et j'aurais juré que ce deuxième homme était Godfrey. Je ne distinguais pas son visage, mais je connaissais suffisamment la courbure de ses épaules. Il s'appuyait sur son coude dans une attitude de grande mélancolie, le corps tourné vers le feu. J'étais en train de me demander ce que je devais faire quand on m'a tapé brusquement sur l'épaule : le colonel Emsworth était à côté de moi.

« — Par ici, monsieur, a-t-il commandé à voix basse.

« Il a marché sans ajouter un mot jusqu'à la maison et je l'ai suivi dans ma chambre. En passant dans le vestibule il avait pris un réveil.

« — Il y a un train pour Londres à huit heures et demie, le cabriolet sera devant la porte à huit heures.

« Il était blanc de rage. En vérité je me sentais moi-même dans une situation si fausse que je n'ai pu que balbutier quelques excuses incohérentes en arguant de mes inquiétudes pour mon ami.

« — L'affaire ne souffre pas de discussion, m'a-t-il répondu d'un ton sec. Vous avez commis une intrusion indigne dans notre vie privée. Vous avez été accueilli comme un invité et vous vous êtes conduit comme un espion. Je n'ai rien à ajouter, monsieur, sinon que je désire ne jamais vous revoir !

« Alors j'ai perdu patience, monsieur Holmes, et j'ai parlé avec quelque chaleur.

« — J'ai vu votre fils, et je suis convaincu que pour une raison qui vous est personnelle vous le dissimulez au monde. Je n'ai aucune idée des motifs qui vous poussent à le retrancher de la circulation, mais je suis sûr qu'il n'est plus un être libre. Je vous avertis, colonel Emsworth, que tant que je ne serai pas rassuré sur la sécurité et le bien-être de mon ami, je n'épargnerai aucun effort pour élucider le mystère, et je ne me laisserai intimider ni par une parole ni par un acte.

« Le vieux bonhomme m'a lancé un regard diabolique, et j'ai cru qu'il allait me sauter dessus. Je vous l'ai dépeint comme un vieux géant tout en os ; bien que je ne sois pas une mauviette, j'aurais eu du mal à lui tenir tête. Après un dernier regard furieux il a pivoté sur ses talons et il a quitté ma chambre. Pour ma part j'ai pris le train de huit heures et demie, avec l'intention d'aller tout droit chez vous et de solliciter conseils et assistance. »

Tel fut le problème que m'exposa mon visiteur. Il présentait, comme l'a déjà compris le lecteur attentif, de sérieuses difficultés, car le choix des moyens était limité pour trouver la solution. Élémentaire, il l'était, certes ! Il comportait pourtant quelques détails neufs et intéressants en l'honneur desquels il me sera pardonné de l'avoir exhumé de mes archives. Fidèle à ma méthode d'analyse logique, j'entrepris de serrer les éléments de plus près.

« Les domestiques ? demandai-je. Combien y en avait-il dans la maison ?

— À mon avis, il n'y a que le vieux maître d'hôtel et sa femme. La vie là-bas m'a paru des plus simples.

— Dans le pavillon, pas de domestique ?

— Aucun, à moins que le petit barbu n'en soit un. Il m'a semblé cependant être d'une classe supérieure.

— Très intéressant. Vous êtes-vous rendu compte si les repas étaient portés d'un bâtiment dans l'autre ?

— À présent que vous y faites allusion, j'ai vu le vieux Ralph qui portait un panier dans le jardin en se dirigeant vers le pavillon. Sur le moment je n'ai pas pensé que le panier pouvait contenir des provisions.

— Avez-vous fait une enquête locale ?

— Oui. J'ai bavardé avec le chef de gare et avec l'aubergiste du village. J'ai simplement demandé s'ils savaient quelque chose sur mon vieux camarade Godfrey Emsworth. Ils m'ont affirmé tous deux qu'il faisait un voyage autour du monde. Après la guerre il serait rentré à la maison, puis serait reparti presque tout de suite. L'histoire est évidemment acceptée par les gens des environs.

— Vous n'avez pas manifesté de doutes ?

— Non.

— Très bien ! L'affaire mérite certainement une enquête. Je vous accompagnerai à Tuxbury Old Park.

— Aujourd'hui ? »

Il se trouvait qu'à l'époque j'étais en train d'éclaircir le mystère qui, une fois élucidé, compromit si gravement le duc de Greyminster ; j'avais aussi reçu mandat du sultan de Turquie de me livrer à une opération que je ne pouvais négliger sans de sérieuses complications politiques. Ce ne fut donc pas avant le début de la semaine suivante, comme me le confirme mon agenda, que je pus partir en mission dans le Bedfordshire en compagnie de M. James M. Dodd. Sur notre route vers Euston, nous prîmes en charge un gentleman grave et taciturne à cheveux gris acier, avec lequel j'avais procédé à divers arrangements préalables.

« Je vous présente un vieil ami, dis-je à Dodd. Il est possible que sa présence s'avère tout à fait superflue, à moins qu'elle ne soit au contraire capitale. Il n'est pas nécessaire d'en dire plus long dans l'état actuel des choses. »

Les récits de Watson ont sans doute accoutumé le lecteur au fait que je ne gaspille pas mes mots et que je ne dévoile pas mes plans tant qu'une affaire n'est pas réglée. Dodd parut surpris, mais ne dit rien, et tous trois nous poursuivîmes ensemble notre voyage. Dans le train je posai à Dodd une question dont je désirais qu'elle fût entendue par notre compagnon :

« Vous m'avez dit que vous aviez vu le visage de votre ami à la fenêtre, avec une netteté suffisante pour que vous ne puissiez douter de son identité ?

— Je n'ai aucun doute. Il avait le nez collé contre le carreau. La lumière de la lampe l'éclairait à plein.

— Ce ne pouvait pas être quelqu'un lui ressemblant ?

— Pas du tout. C'était lui.

— Mais vous m'avez dit qu'il avait changé ?

— Seulement son teint. Il avait le visage... comment le dépeindre ?... le visage blanc comme un ventre de poisson. Il était complètement décoloré.

— Était-il également blanc partout ?

— Non, je ne pense pas. Mais je n'ai vu que son front quand il a collé la tête contre la fenêtre.

— L'avez-vous appelé ?

— J'étais trop stupéfait, trop horrifié aussi. Puis

je l'ai poursuivi, comme je vous l'ai raconté, mais sans résultat. »

Mon dossier était pratiquement complet ; il ne lui manquait plus qu'un petit élément. Quand, après une interminable randonnée en voiture, nous arrivâmes à l'étrange vieille maison de campagne qu'avait décrite mon client, ce fut Ralph, le maître d'hôtel âgé, qui nous ouvrit. J'avais loué la voiture pour la journée et j'avais prié mon ami de ne pas en bouger avant que je lui fisse signe. Ralph, ridé comme une pomme, portait le costume conventionnel (veste noire et pantalon poivre et sel) avec une seule variante curieuse : des gants de cuir brun qu'il se hâta de retirer dès qu'il nous vit et qu'il posa sur la table de l'entrée quand il nous introduisit. Je suis doté, comme mon ami Watson l'a parfois observé, de sens anormalement développés ; or, une odeur, faible mais insistante, me chatouilla les narines ; elle semblait émaner de la table de l'entrée. Je me retournai, posai mon chapeau dessus, le fis tomber, me baissai pour le ramasser et amenai mon nez à moins de vingt-cinq centimètres des gants. Indiscutablement c'était des gants que provenait cette bizarre odeur de goudron. Mon dossier, cette fois, était complet. Hélas ! quand je raconte moi-même les histoires, j'étale mes astuces, tandis que Watson, lui, cache soigneusement ce genre de maillons dans la chaîne, ce qui lui permet de produire des effets finaux sensationnels.

Le colonel Emsworth n'était pas dans sa chambre, mais au reçu du message de Ralph il ne tarda pas à arriver. Nous entendîmes son pas vif et pesant dans le couloir. Il ouvrit la porte brusquement, et il se rua dans son bureau, la barbe en bataille et le visage tordu de passion : jamais je n'avais vu de vieillard si terrible ! Il tenait à la main nos cartes de visite ; il les déchira en mille morceaux.

« Ne vous ai-je pas déclaré, infernal touche-àtout, que je vous chassais d'ici ? Que jamais je ne revoie votre maudite tête ! Si vous entrez ici à nouveau sans ma permission, je serai dans mon droit si j'use de violences. Je vous abattrai ! Par Dieu oui, je vous abattrai, monsieur ! Quant à vous, monsieur...

Il se tourna vers moi.

« ... Cet avertissement vaut également pour vous. Je connais votre ignoble profession, mais allez exploiter ailleurs vos talents ; ici ils n'ont pas à s'exercer.

— Je ne partirai pas d'ici, articula fermement mon client, avant d'avoir entendu de la bouche même de Godfrey qu'il ne subit aucune contrainte ! »

Notre hôte malgré lui sonna.

« Ralph, dit-il, téléphonez à la police du comté et priez l'inspecteur d'envoyer deux agents. Dites-lui qu'il y a des cambrioleurs ici.

— Un moment ! intervins-je. Vous devez savoir, monsieur Dodd, que le colonel Emsworth est dans son droit et que nous n'avons aucun statut légal chez lui. D'autre part il devrait reconnaître que votre action est uniquement dictée par votre sollicitude envers son fils. J'ose espérer que, si nous pouvons avoir cinq minutes de conversation avec le colonel Emsworth, je modifierai son point de vue sur l'affaire.

— Je ne me laisse pas si aisément influencer, répondit le vieux soldat. Ralph, faites ce que je vous ai dit. Que diable attendez-vous ? Appelez la police !

— Vous ne ferez rien de tel ! dis-je en m'adossant à la porte. Une intervention de la police provoquerait la catastrophe que vous redoutez... »

Je sortis mon carnet et écrivis un mot (un seul mot) sur une feuille que je tendis au colonel.

« ... Voilà ce qui nous a conduits ici », ajoutai-je.

Il considéra la feuille de papier et de sa tête disparut toute autre expression que l'étonnement.

« Comment savez-vous ?... bégaya-t-il en se laissant tomber lourdement sur une chaise.

— C'est mon affaire de savoir. C'est mon métier. »

Il demeura assis à méditer ; sa main osseuse tiraillait les poils de sa barbe. Puis il fit un geste de résignation.

« Eh bien, puisque vous voulez voir Godfrey, vous le verrez. Je n'y consens pas de mon plein gré, vous m'avez forcé la main. Ralph, prévenez M. Godfrey et M. Kent que dans cinq minutes nous les aurons rejoints. »

Quand ces cinq minutes furent écoulées, nous traversâmes le jardin et nous arrivâmes devant le pavillon du mystère. Un petit homme barbu se tenait devant la porte ; il avait l'air considérablement surpris.

« Voilà qui est bien impromptu, colonel Emsworth ! fit-il. Tous nos plans se trouvent compromis.

— Je n'y peux rien, monsieur Kent. Nous avons la main forcée. M. Godfrey peut-il nous recevoir ?

— Oui. Il attend à l'intérieur. »

Il fit demi-tour et nous conduisit dans une grande pièce meublée. Un homme se tenait debout, le dos au feu ; quand il l'aperçut, mon client s'élança, la main tendue.

« Oh ! Godfrey, mon vieux, comme c'est chic de... »

Mais l'autre l'écarta d'un geste de la main.

« Ne me touche pas, Jimmie. Garde tes distances ! Oui, tu peux me regarder de tous tes yeux. Je ne ressemble plus guère au brillant soldat de première classe Emsworth, de l'escadron B, n'est-ce pas ? »

Certes son aspect était extraordinaire. On pouvait voir qu'il avait été bel homme, avec une figure bronzée par le soleil d'Afrique ; mais, sur la surface brunie du visage, des taches blanchâtres avaient par plaques décoloré sa peau.

« Voilà pourquoi je ne vais pas au-devant des visiteurs, reprit-il. Je ne t'en veux pas, Jimmie, mais j'aurais préféré te voir sans ton ami. Je suppose que tu avais une bonne raison ; seulement tu me prends au dépourvu.

— Je voulais être sûr que tout se passait bien pour toi, Godfrey. Je t'ai reconnu, la nuit où tu es venu regarder par la fenêtre, et je ne pouvais pas rester en paix avant d'avoir éclairci le mystère.

— Le vieux Ralph m'avait dit que tu étais là, et je n'ai pas pu m'empêcher d'aller jeter un coup d'œil. J'espérais que tu ne me verrais pas ; j'ai couru jusqu'à mon terrier quand j'ai entendu la fenêtre s'ouvrir.

— Mais, au nom du Ciel, qu'y a-t-il ?

— Oh ! l'histoire sera brève ! fit-il en allumant une cigarette. Tu te rappelles ce combat un matin à Buffelsspruit, à l'extérieur de Pretoria, sur la voie de chemin de fer de l'est ? Tu as su que j'avais été touché ?

— Oui, je l'ai appris ; mais je n'ai pas eu de détails.

— Trois d'entre nous s'étaient séparés des autres. Le pays était accidenté, si tu t'en souviens. Il y avait Anderson, Simpson (le type que nous appelions Simpson le chauve) et moi. Nous étions partis en reconnaissance pour repérer nos frères Boers, mais ils s'étaient couchés et ils nous prirent pour cibles. Les deux autres furent tués. Je reçus dans l'épaule une balle pour éléphant. Néanmoins je me cramponnai à mon cheval ; il galopa pendant une dizaine de kilomètres avant que je m'évanouisse et roule à bas de ma selle.

« Quand je revins à moi, la nuit était tombée ; je me relevai, mais je me sentais très mal en point et affaibli. À ma vive surprise je vis une maison tout près de l'endroit où je me trouvais : une assez grande maison avec une véranda et de nombreuses fenêtres. Il faisait mortellement froid. Tu te rappelles l'espèce de froid engourdissant qui s'abattait le soir ? Un froid terrible à vous rendre malade, très différent du froid sec et sain d'ici. Ma foi, j'étais glacé jusqu'aux os ; mon seul espoir consistait à atteindre cette maison. Je titubai, vacillai, me tirai, à demi conscient de ce que je faisais. J'ai un vague souvenir d'avoir monté les marches d'un perron, d'avoir poussé une porte, d'être entré dans une grande chambre qui contenait plusieurs lits, et de m'être jeté sur l'un d'eux en poussant un petit cri de satisfaction. Le lit était défait, mais je ne m'en souciai guère. Je ramenai les draps sur mon corps secoué de frissons, et la minute d'après je dormais comme du plomb.

« Quand je m'éveillai, c'était le matin. Il me sembla qu'au lieu d'être tombé sur un havre de santé, j'étais en plein cauchemar. Le soleil d'Afrique se déversait à flots à travers les grandes fenêtres sans rideaux ; chaque détail de ce vaste dortoir blanchi à la chaux, nu, ressortait avec une netteté absolue. En face de moi se tenait un homme tout petit, presque un nain, avec une tête énorme, qui, très excité, baragouinait du hollandais tout en agitant deux mains horribles qui me firent l'effet d'éponges brunes. Derrière lui se pressaient plusieurs personnes qui paraissaient très amusées par la situation ; mais j'eus froid dans le dos quand je les regardai. Aucun d'eux n'était un être humain normal. Tous étaient tordus, gonflés, défigurés d'une façon bizarre. Le rire de ces monstres était terrible à entendre.

« Personne ne parlait anglais ; mais la situation avait grand besoin d'une mise au point, car le nain à grosse tête se mettait furieusement en colère ; poussant des hurlements de bête sauvage il m'attrapa avec ses mains déformées et voulut me jeter à bas du lit, sans se soucier du sang qui coulait de ma blessure. Ce petit monstre était fort comme un taureau. J'ignore ce qu'il serait advenu de moi si un homme d'un certain âge, qui détenait visiblement une grande autorité, n'avait été attiré par le vacarme. Il prononça quelques mots fermes en hollandais et mon persécuteur s'éclipsa. Alors il se tourna vers moi et me considéra avec stupéfaction.

« — Comment diable êtes-vous arrivé ici ? me demanda-t-il. Attendez ! Je vois que vous êtes épuisé et que cette épaule blessée réclame des soins. Je suis médecin, et je vais vous la bander. Mais vous courez ici un bien plus grand danger que sur n'importe quel champ de bataille ! Vous êtes à l'hôpital des lépreux, et vous avez dormi dans un lit de lépreux. »

« As-tu besoin que je t'en dise davantage, Jimmie ? Je crois qu'en prévision de la bataille, tous ces pauvres diables avaient été évacués la veille. Puis, comme les Anglais avançaient, ils avaient été emmenés encore plus loin par leur médecin-chef. Celui-ci m'assura que, bien qu'il se crût immunisé contre la lèpre, il n'aurait jamais osé faire ce que j'avais fait. Il m'installa dans une chambre particulière, me traita avec bonté ; huit jours après j'étais évacué sur l'hôpital général de Pretoria.

« Voilà mon drame. J'ai espéré contre toute espérance ; mais à peine étais-je rentré à la maison que les terribles symptômes apparurent : ceux que tu vois sur mon visage m'apprirent que j'avais été contaminé. Que devais-je faire ? J'habitais cette propriété isolée. Nous avions deux domestiques à qui nous pouvions nous fier totalement. Il y avait un pavillon où je pouvais vivre. Sous le sceau du secret un médecin, M. Kent, accepta de demeurer avec moi. Selon ces données les choses semblaient assez simples. L'autre branche de l'alternative était terrible : la ségrégation pour la vie parmi des étrangers sans le moindre espoir de jamais retrouver ma liberté ! Mais le secret absolu était nécessaire : au moindre bavardage, dans cette campagne paisible, ç'aurait été une révolution, et j'aurais été abandonné à l'autre horrible destin. Même toi, Jimmie... Même toi tu ne devais pas savoir! Pourquoi mon père a-t-il cédé, voilà ce que je n'arrive pas à comprendre. »

Le colonel Emsworth me désigna.

« Voici le gentleman qui m'a forcé la main... »

Il déplia la feuille de papier sur laquelle j'avais écrit le mot « Lèpre ».

« ... Il m'a paru que, puisqu'il en savait tant, mieux valait qu'il sût tout.

— Et maintenant je sais tout, dis-je. Mais du bien en sortira peut-être ? Je crois que M. Kent seul a vu le malade. Puis-je vous demander, monsieur, si vous faites autorité sur ce genre de maladies qui sont, je crois, d'origine tropicale ou semi-tropicale ?

— Je possède uniquement les connaissances ordinaires d'un médecin! me répondit-il avec une certaine raideur.

— Je ne doute pas, monsieur, que vous soyez très compétent, mais je suis sûr que vous admettrez que, pour un tel cas, un deuxième avis serait souhaitable. Vous y avez renoncé, sans doute, parce que vous redoutiez qu'une pression pût être exercée sur vous pour que le malade fût relégué ?

— C'est exact, répondit le colonel.

— J'avais prévu cette situation, expliquai-je. J'ai amené avec moi un ami à la discrétion duquel vous pouvez vous fier absolument. J'ai pu jadis lui rendre un service professionnel; il est disposé à vous donner un avis d'ami en même temps que de spécialiste. Il s'appelle Sir James Saunders. »

La perspective d'un entretien avec Lord Roberts n'aurait pas suscité plus d'émerveillement chez un soldat de deuxième classe que je n'en vis sur le visage de M. Kent.

« Je serai très honoré! murmura-t-il.

— Alors je vais demander à Sir James de venir

jusqu'ici. Il se trouve actuellement dans la voiture devant la maison. En attendant, colonel Emsworth, nous pourrions peut-être nous réunir dans votre bureau où je vous fournirai les explications indispensables. »

Et voilà où me manque mon Watson ! Par des questions sournoises ou des exclamations de surprise, il aurait élevé la simplicité de mon art, qui n'est au fond que du bon sens systématisé, au niveau d'un prodige. Quand je raconte moi-même, je ne bénéficie pas de cet adjuvant. Tant pis ! Je vais livrer le processus de mes pensées exactement comme je l'ai livré à mes quelques auditeurs auxquels s'était jointe la mère de Godfrey, dans le bureau du colonel Emsworth.

« Ce processus, dis-je, est fondé sur l'hypothèse que lorsque vous avez éliminé tout ce qui est impossible, il ne reste plus que la vérité, quelque improbable qu'elle paraisse. Il arrive que plusieurs explications s'offrent encore à l'esprit ; dans ce cas on les met successivement à l'épreuve jusqu'à ce que l'une ou l'autre s'impose irrésistiblement. Appliquons ce principe à l'affaire en cours. Dès le départ je distinguai trois explications possibles de la réclusion ou de la ségrégation de ce gentleman dans un pavillon du domaine paternel. Il y avait l'explication qu'il se cachait en raison d'un crime commis, il y avait aussi l'explication qu'il était devenu fou et que l'on cherchait à lui épargner l'asile ; il y avait enfin l'explication qu'il était atteint d'une certaine maladie qui l'obligeait à vivre à part. Je ne pouvais pas envisager d'autres solutions possibles. J'avais donc à les examiner de près et à les peser l'une après l'autre.

« L'explication criminelle ne résistait pas à l'examen. Aucun crime mystérieux n'avait été commis dans cette région. J'en étais sûr. S'il s'agissait d'un crime qui n'avait pas encore été découvert, l'intérêt de la famille consistait à se débarrasser du délinquant et à l'expédier au plus tôt à l'étranger : non à le cacher à la maison.

« La folie me paraissait beaucoup plus plausible. La présence d'une deuxième personne dans le pavillon pouvait s'expliquer par la nécessité d'un gardien. Le fait qu'elle fermait la porte à clef quand elle sortait donnait du poids à cette hypothèse et laissait supposer qu'une contrainte était exercée. D'autre part cette contrainte n'était pas trop sévère, puisque le jeune homme avait pu sortir et se rendre jusqu'à la maison pour apercevoir son ami. Vous vous rappellerez, monsieur Dodd, que j'ai cherché à vous arracher des précisions de détail : je vous ai demandé, par exemple, quel était le journal que lisait M. Kent. Si vous m'aviez dit *The Lancet* ou *The British Medical Journal*, cela m'aurait rendu service. Toutefois la loi n'interdit pas de garder un fou en un lieu privé, du moment qu'il est soigné par une personne qualifiée et que les autorités ont été régulièrement prévenues. Pourquoi, dans ces conditions, ce désir forcené de secret ? Une fois encore la théorie ne cadrait pas avec les faits.

« Restait la troisième éventualité. Là, tous les faits inexpliqués semblaient recevoir leur justification. La lèpre n'est pas rare en Afrique du Sud. Par hasard ce jeune homme avait pu être contaminé. Et sa famille devait se trouver dans une situation terrible si elle voulait lui éviter la ségrégation. Le secret le plus absolu était indispensable : il fallait empêcher les langues de marcher et les autorités d'intervenir. Un médecin dévoué, et suffisamment payé, accepterait sans doute de prendre soin du malade. Il n'y avait aucune raison pour que celui-ci ne fût pas autorisé à se promener une fois la nuit tombée. Une peau blanchie est un effet normal du mal. L'affaire était d'importance. Si importante que je résolus d'agir comme si mon hypothèse était par avance confirmée et prouvée. Quand en arrivant ici je remarquai que le vieux Ralph, qui porte les repas, avait des gants imprégnés de désinfectant, mes derniers doutes furent levés. Un seul mot, monsieur, vous montra que votre secret avait été percé : si je l'ai écrit au lieu de le prononcer, c'était pour vous assurer que vous pouviez vous fier à ma discrétion. »

J'étais en train d'achever cette petite analyse, quand la porte s'ouvrit ; le visage austère du grand dermatologue apparut. Pour une fois il s'était départi de son air de sphinx, et son regard brillait de chaleur humaine. Il se dirigea vers le colonel Emsworth et lui serra la main.

« Mon rôle consiste généralement à annoncer de mauvaises nouvelles, dit-il. Cette fois, c'est le contraire : votre fils n'a pas la lèpre.

— Comment !

— Il s'agit d'un cas classique de pseudo-lèpre ou ichtyosis, d'une maladie de peau ; la peau devient squameuse, peu agréable à la vue ; le mal est tenace, mais probablement curable, et certainement pas contagieux. Oui, monsieur Holmes, c'est une coïncidence remarquable ! Mais est-ce une coïncidence ? Certaines forces subtiles, dont nous ne savons rien, ne sont-elles pas entrées en action ? Est-il certain que la frayeur, qui a constamment habité le jeune homme depuis son exposition à la contagion, n'a pas produit un effet physique simulant ce qu'il redoutait ? À aucun prix je n'engagerais ma réputation professionnelle… Mais cette dame s'est trouvée mal ! Je crois que M. Kent ferait mieux de s'occuper d'elle afin qu'elle se remette au plus tôt de ce choc joyeux. »

LA PIERRE DE MAZARIN

Le docteur Watson fut ravi de se retrouver une fois de plus dans l'appartement mal tenu du premier étage de Baker Street, point de départ de tant d'aventures extraordinaires. Il regarda autour de lui : les graphiques savants sur les murs, la table rongée par les acides où s'alignaient les produits chimiques destinés à diverses expériences, l'étui à violon debout dans un angle, le seau à charbon qui contenait comme autrefois des pipes et du tabac. Finalement ses yeux s'arrêtèrent sur le jeune visage souriant de Billy ; ce petit groom aussi perspicace que plein de tact avait un peu aidé à combler l'abîme de solitude et d'isolement où vivait le grand détective.

« Pas de changement apparent, Billy. Vous non plus vous n'avez pas changé. J'espère que l'on peut dire la même chose de lui ? »

Billy jeta un coup d'œil non dépourvu de sollicitude dans la direction de la porte de la chambre à coucher ; elle était fermée.

« Je crois qu'il est au lit et qu'il dort », dit-il.

Il était sept heures du soir, et ce jour d'été avait été magnifique ; mais le docteur Watson était suffisamment familiarisé avec les heures irrégulières de son vieil ami pour ne pas éprouver la moindre surprise.

« Autrement dit, il a une affaire en train ?

— Oui, monsieur. Une affaire sur laquelle il vient de travailler dur. Je suis inquiet pour sa santé. Il pâlit, il maigrit, il ne mange pas... "Quand vous plaira-t-il de dîner, monsieur Holmes ?" a demandé Mme Hudson. "À sept heures trente après-demain", a-t-il répondu. Vous savez comment il est quand une affaire le préoccupe !

— Oui, Billy, je sais.

— Il file quelqu'un. Hier il est sorti ; on aurait dit un ouvrier à la recherche d'un emploi. Aujourd'hui il s'est déguisé en vieille femme. Je me suis presque laissé attraper. Pourtant, je devrais le connaître maintenant !... »

Billy désigna en souriant une immense ombrelle appuyée contre le canapé.

« ... Elle faisait partie de l'ensemble de la vieille dame, ajouta-t-il.

— Mais de quel genre d'affaire s'agit-il ? »

Billy baissa la voix, comme s'il allait confier un grand secret d'État.

« Ça ne me gêne pas de vous le dire, monsieur, mais que ceci reste entre nous ! C'est l'affaire du diamant de la Couronne.

— Quoi ! Le vol du joyau qui vaut dans les cent mille livres sterling ?

— Oui, monsieur. Il faut le récupérer, monsieur. Comprenez : nous avons eu ici le Premier Ministre et le ministre de l'Intérieur, assis sur ce même canapé. M. Holmes les a reçus très gentiment. Il les a tout de suite mis à l'aise, et il a promis de faire tout son possible. Puis il y a eu Lord Cantlemere...

— Ah !

— Oui, monsieur. Vous savez ce que ça veut dire. Un type plutôt rigide, si j'ose m'exprimer ainsi. Je m'entends bien avec le Premier Ministre, je n'ai rien contre le ministre de l'Intérieur qui me fait l'impression d'un homme obligeant, courtois ; mais ce lord, je ne peux pas le supporter! Et M. Holmes est comme moi, monsieur. Vous voyez, il ne croit pas en M. Holmes, et il était opposé à ce qu'on l'emploie. Il serait bien content qu'il échoue!

— Et M. Holmes le sait?

— M. Holmes sait toujours tout ce qu'il y a à savoir.

— Eh bien, nous espérons qu'il n'échouera pas et que Lord Cantlemere sera confondu. Mais dites-moi, Billy, à quoi sert ce rideau tendu devant la fenêtre?

— M. Holmes l'a installé il y a trois jours. Nous avons mis quelque chose d'amusant derrière.»

Billy avança et tira la draperie qui masquait l'alcôve de la fenêtre en saillie.

Le docteur Watson ne put réprimer un cri de stupéfaction. Était apparue une reproduction grandeur nature de son vieil ami en robe de chambre, la figure tournée de trois quarts vers la fenêtre et regardant en bas, comme s'il lisait un livre invisible, tandis que le corps était enfoncé dans un fauteuil. Billy détacha la tête et la tint en l'air à bout de bras.

«Nous la disposons selon des angles différents afin qu'elle soit plus vivante. Je n'oserais pas la toucher si le store n'était pas baissé. Mais quand il est levé vous pouvez voir le faux M. Holmes de l'autre côté de la rue.

— Une fois déjà nous nous sommes servis de ce truc-là[1].

— Pas de mon temps», dit Billy,

Il releva le store pour regarder dans la rue.

«Il y a des gens qui nous épient de là-bas. Je distingue un type qui est à la fenêtre. Regardez vous-même.»

Watson avait avancé d'un pas quand la porte de

1. Cf. *La maison vide* (Œuvres complètes de Sir Arthur Conan Doyle, tome IV: Résurrection de Sherlock Holmes).

la chambre s'ouvrit pour laisser passer la longue silhouette mince de Holmes ; il avait le visage pâle et tiré, mais le pas aussi alerte que d'habitude. D'un bond il fut à la fenêtre et baissa le store.

« Ça suffit, Billy ! dit-il. Vous étiez en danger de mort, mon garçon, et je ne peux pas encore me passer de vous. Alors, Watson ? C'est bon de vous revoir dans ce vieil appartement ! Vous arrivez à un moment critique.

— C'est ce qu'il me semblait.

— Vous pouvez disposer, Billy... Ce garçon me pose un problème, Watson. Jusqu'à quel point ai-je raison de l'exposer au danger ?

— Danger de quoi, Holmes ?

— De mort subite. Je m'attends à quelque chose pour ce soir.

— À quoi vous attendez-vous ?

— À être assassiné, Watson.

— Allons, vous plaisantez !

— Le sens limité de l'humour qui m'est imparti pourrait, je vous assure, engendrer de meilleures plaisanteries que celle-là. Mais en attendant ma mort, un peu de confort n'est pas interdit, n'est-ce pas ? L'alcool est-il prohibé ? Le gazogène et les cigares sont à leur vieille place. Ah ! laissez-moi vous regarder assis une fois de plus dans votre fauteuil préféré ! Vous n'avez pas appris, j'espère, à mépriser ma pipe et mon lamentable tabac ? C'était pour remplacer mes repas, ces jours-ci.

— Mais pourquoi n'avez-vous pas mangé ?

— Parce que les facultés s'aiguisent quand vous les faites jeûner. Voyons, mon cher Watson, en tant que médecin vous admettez bien que ce que votre digestion fait gagner à votre sang est autant de perdu pour votre cerveau ? Je suis un cerveau, Watson. Le reste de mon individu n'est que l'appendice de mon cerveau. Donc, c'est le cerveau que je dois servir d'abord !

— Mais ce danger, Holmes?

— Ah! oui! Pour le cas où la menace se réaliserait, il vaudrait peut-être mieux que vous encombriez votre mémoire du nom et de l'adresse de l'assassin. Vous pourrez les communiquer à Scotland Yard, avec mes affections et ma bénédiction. Il s'appelle Sylvius, comte Negretto Sylvius. Écrivez le nom, mon vieux, écrivez-le! 136 Moorside Gardens, N. W. Ça y est?»

L'honnête visage de Watson était tourmenté par l'angoisse. Il ne connaissait que trop bien les risques immenses que prenait Holmes, et il se doutait que cette confidence était plutôt en dessous qu'au-delà de la vérité. Watson était toujours porté à l'action; il saisit l'occasion qui se présentait.

«Comptez-moi dans le jeu, Holmes. Je n'ai rien à faire pendant quarante-huit heures.

— Votre moralité ne progresse pas, Watson. À tous vos autres vices, voilà que vous avez ajouté le mensonge? Vous avez manifestement l'air d'un médecin très pris, appelé à toutes heures du jour et de la nuit par des malades.

— Pas à ce point. Mais ne pouvez-vous pas faire arrêter cet individu?

— Si, Watson. Je pourrais le faire arrêter. Voilà ce qui lui déplaît tellement.

— Mais pourquoi ne le faites-vous pas arrêter, alors?

— Parce que j'ignore où est le diamant.

— Ah! Billy m'en a parlé: le joyau manquant de la Couronne?

— Oui, la grosse pierre jaune de Mazarin. J'ai lancé mon filet et j'ai mes poissons. Mais je n'ai pas la pierre. Alors à quoi bon les prendre? Certes le monde serait meilleur si nous les mettions hors d'état de nuire. Mais ils ne m'intéressent pas. C'est le diamant que je veux.

— Et ce comte Sylvius est l'un de vos poissons?

— Oui. Un requin. Il mord. L'autre est Sam Merton le boxeur. Pas un mauvais type, ce Sam ; mais le comte s'en est servi. Sam n'est pas un requin. C'est un gros goujon stupide à tête ronde. Mais il fait quand même de gros sauts dans mon filet.

— Où est ce comte Sylvius ?

— Je me suis trouvé ce matin au coude à coude avec lui. Vous m'avez déjà vu en vieille dame, Watson ? Jamais je n'ai été plus séduisant que ce matin. Il m'a même tenu un moment mon ombrelle. "Avec votre permission, madame", m'a-t-il dit : à moitié Italien, vous savez, et il a toute la grâce méridionale dans les manières quand il est de bonne humeur, mais dans l'humeur opposée, il est le diable incarné. La vie est pleine de fantaisie, Watson.

— Ç'aurait pu être une tragédie !

— Ma foi, peut-être ! Je l'ai suivi jusqu'à la boutique du vieux Straubenzee. Straubenzee a fabriqué un fusil à vent, un très joli joujou, je crois, et j'ai tout lieu de penser que ledit fusil est placé dans la fenêtre d'en face à l'heure actuelle. Avez-vous vu le mannequin ? Bien sûr, Billy vous l'a montré ! Eh bien, il peut recevoir à tout moment une balle dans sa magnifique tête. Ah ! Billy, qu'y a-t-il ? »

Le groom était entré en portant une carte de visite sur un plateau. Holmes la regarda en haussant le sourcil et sourit d'un air amusé.

« Sylvius en personne ! Je ne m'y attendais guère. Il prend le tison par où il brûle, Watson ! Il ne manque pas d'aplomb. Vous le connaissez peut-être de réputation, comme chasseur de gros gibier. En vérité, ce serait une conclusion triomphale à son tableau de chasse s'il m'ajoutait à sa liste. Voilà la preuve qu'il sent mon orteil sur ses talons.

— Faites venir la police !

— Oh ! je la ferai venir sans doute ! Mais pas encore. Voudriez-vous regarder précautionneusement par la fenêtre, Watson ? Ne voyez-vous personne qui flâne par là ? »

Watson souleva hardiment le bord du rideau.

« Si, il y a un costaud près de la porte.

— Sam Merton : le fidèle mais stupide Sam. Où est ce gentleman, Billy ?

— Dans le salon d'attente, monsieur.

— Quand je sonnerai, faites-le monter.

— Oui, monsieur.

— Si je ne suis pas dans cette pièce, introduisez-le quand même.

— Oui, monsieur. »

Watson attendit que la porte fût close pour se tourner vers son compagnon.

« Attention, Holmes ! Voici qui est tout bonnement impossible ! Il s'agit d'un homme prêt à tout, qui ne reculerait devant rien. Il vient peut-être vous tuer.

— Cela ne m'étonnerait pas.

— J'insiste pour demeurer près de vous.

— Vous gêneriez terriblement.

— Je le gênerais ?

— Non, mon cher ami : vous me gêneriez.

— Voyons, je ne peux pas vous quitter, Holmes !

— Si, Watson, vous pouvez. Et vous me laisserez car vous avez toujours joué le jeu, et je suis sûr que vous le jouerez jusqu'au bout. Cet homme est venu pour un motif bien à lui, mais il se peut qu'il y reste pour un motif à moi... »

Holmes prit son calepin et griffonna quelques lignes.

« ... Prenez un fiacre et allez à Scotland Yard. Vous remettrez ceci à Doughal, du département des recherches criminelles. Revenez avec la police. L'arrestation du comte suivra.

— Avec joie, Holmes !

— Avant votre retour, j'aurai peut-être juste le temps de découvrir où est la pierre... »

Il sonna.

« ... Je crois que nous passerons dans la chambre. La deuxième issue est très utile dans certains cas. Et puis, j'aime voir mon requin sans qu'il me voie ; vous savez que j'y réussis assez bien quand je le veux. »

Ce fut donc dans une pièce vide que Billy, quelques instants plus tard, introduisit le comte Sylvius. Le célèbre chasseur, sportsman et homme du monde, était gros, basané, pourvu d'une formidable moustache noire qui protégeait une bouche cruelle aux lèvres minces et que surplombait un long nez recourbé en bec d'aigle. Il était bien habillé mais sa cravate brillante, son épingle étincelante, ses bagues flamboyantes produisaient trop d'effet. Quand la porte se referma derrière lui, il inspecta les lieux d'un regard farouche, perçant, comme s'il soupçonnait un piège dans chaque meuble. Il sursauta violemment quand il vit la tête impassible et le buste de la robe de chambre qui émergeaient du fauteuil devant la fenêtre. D'abord sa figure n'exprima que de la stupéfaction. Puis la lueur d'un espoir horrible éclaira ses yeux sombres, meurtriers. Il jeta un regard rapide autour de lui pour être sûr qu'il n'y avait pas de témoins ; et puis, sur la pointe des pieds, sa lourde canne à demi levée, il s'approcha de la silhouette immobile. Il était en train de se ramasser pour prendre son élan et frapper quand une voix froide, sardonique, l'interpella par la porte ouverte de la chambre à coucher.

« Ne le cassez pas, comte ! Épargnez-le ! »

L'assassin recula, surpris. Il releva sa canne comme pour tourner sa violence de la copie vers l'original ; mais dans le regard gris acier et dans le sourire moqueur il lut quelque chose qui l'obligea à baisser la main.

« C'est une jolie petite œuvre d'art, fit Holmes, en avançant vers le mannequin de cire. Tavernier, le modéliste français, en est l'auteur. Il est aussi adroit pour travailler la cire que votre ami Straubenzee pour fabriquer des fusils à vent.

— Des fusils à vent, monsieur ? Que voulez-vous dire ?

— Posez votre chapeau et votre canne sur ce guéridon. Merci ! Asseyez-vous, je vous prie. Cela vous gênerait de vous débarrasser de votre revolver ? Oh ! qu'à cela ne tienne ! Si vous préférez vous asseoir dessus !... Votre visite tombe à pic, car j'avais diablement envie d'avoir cinq minutes de tranquillité avec vous. »

Le comte grogna. Ses sourcils retombèrent, menaçants.

« Moi aussi je désirais vous parler, Holmes. Voilà pourquoi je suis venu ici. Je ne nierai pas que j'avais l'intention de vous descendre. »

Holmes balança ses longues jambes pour poser ses talons sur le bord de la table.

« J'avais vaguement dans l'idée que votre tête mijotait un projet de ce genre, dit-il. Mais pourquoi me combler de vos attentions particulières ?

— Parce que vous êtes parti en guerre contre moi. Parce que vous avez attaché vos gens à ma personne.

— Mes gens ! Je vous jure que non !

— Mensonge ! J'ai été suivi ! Et je les ai fait suivre ! C'est un jeu qui peut se jouer à deux, Holmes !

— Petit détail, comte Sylvius ! Mais peut-être pourriez-vous vous adresser correctement à moi ? Certes, avec mon travail routinier, je me trouve soumis à une certaine familiarité avec la moitié des bandits de ce monde ; vous conviendrez que venant de vous elle est désobligeante.

— Très bien, donc, monsieur Holmes.

— Bravo ! Mais je vous affirme que vous vous êtes trompé avec mes soi-disant agents. »

Le comte Sylvius eut un rire méprisant.

« D'autres hommes possèdent un don d'observation égal au vôtre. Hier c'était un vieux chômeur. Aujourd'hui une vieille femme. De la journée ils ne m'ont pas quitté d'une semelle.

— Vraiment, monsieur, vous me flattez ! Le vieux baron Dowson a dit à mon sujet, la veille du jour où il fut pendu, que ce que la loi avait gagné, la scène l'avait perdu. Et à votre tour voici que vous donnez à mes petits déguisements une louange si... agréable !

— C'était vous ? Vous-même ? »

Holmes haussa les épaules.

« Vous pouvez voir dans ce coin l'ombrelle que vous m'avez si galamment tenue avant que vous ayez soupçonné quoi que ce soit.

— Si j'avais su, jamais...

— Jamais je ne serais rentré chez moi, n'est-ce pas ? Oh ! je le savais bien ! Nous laissons tous échapper des occasions, et nous les regrettons ensuite... Mais le fait est que vous ne m'avez pas reconnu, et nous voici face à face. »

Les sourcils du comte s'avancèrent plus pesamment au-dessus de ses yeux menaçants.

« Ce que vous dites ne fait qu'envenimer les choses : il ne s'agissait pas d'agents à vous, mais de vous ! Vous convenez que vous m'avez suivi. Pourquoi ?

— Du calme, comte ! Vous avez pris l'habitude de tuer des lions en Afrique.

— Eh bien ?

— Mais pourquoi ?

— Pourquoi ? Le sport, le plaisir, le danger...

— Et aussi, sans doute, pour libérer le pays d'un fléau ?

— Exactement !

— Voilà un excellent résumé de mes motifs. »

Le comte sauta en l'air ; sa main se dirigea involontairement vers sa poche-revolver.

« Asseyez-vous, monsieur ! J'avais une autre raison, une raison plus pratique : il me faut ce diamant jaune ! »

Le comte Sylvius s'adossa avec un mauvais sourire.

« Je vous donne ma parole..., fit-il.

— Vous saviez que c'était la raison pour laquelle je vous filais. Le véritable motif de votre venue ici ce soir est de savoir ce que je sais sur l'affaire et si ma suppression est absolument nécessaire. Eh bien, je reconnais volontiers que, de votre point de vue, ma suppression est absolument indispensable. Car je sais tout, sauf une petite chose que vous allez me dire.

— Tiens, tiens ! Et qu'est donc, je vous prie, cette petite chose ?

— Où se trouve actuellement le diamant de la Couronne. »

Le comte lança un regard âpre vers son interlocuteur.

« Oh ! vous voulez le savoir, hé ? Comment diable voulez-vous que je vous renseigne ?

— Vous le pouvez, et vous le ferez.

— Vraiment ?

— Vous ne pouvez pas me bluffer, comte Sylvius ! »

Les yeux de Holmes, qui le fixaient, se contractèrent et se rétrécirent : on aurait dit deux pointes d'acier.

« ... Vous êtes absolument une glace sans tain. Je lis en vous jusqu'au fond de votre âme.

— Alors, vous savez où est le diamant. »

Holmes battit des mains, et leva un doigt ironique.

« Donc vous le savez. Vous venez de l'admettre !

— Je n'ai rien admis.

— Allons, comte, si vous êtes raisonnable, nous pouvons faire affaire. Sinon, il vous arrivera malheur. »

Le comte Sylvius leva les yeux vers le plafond.

« Et c'est vous qui parlez de bluff ! » soupira-t-il.

Holmes le regarda pensivement, comme un champion d'échecs qui médite son échec et mat. Puis il ouvrit le tiroir de la table et sortit un gros carnet.

« Savez-vous qui je tiens dans ce livre ?

— Non, monsieur, pas du tout !

— Vous !

— Moi ?

— Oui, monsieur, vous ! Vous êtes tout entier ici, par chaque vilenie de votre vie !

— Dieu me pardonne, Holmes ! s'écria le comte. Ma patience a des limites.

— Tout y est, comte. Les faits réels concernant la mort de la vieille Mme Harold qui vous avait légué le domaine de Blymer. Domaine que vous avez dilapidé au jeu...

— Vous rêvez !

— Et toute l'histoire de la vie de Mlle Minnie Warrender.

— Tut ! Vous ne pouvez rien en faire...

— Ici, je trouve beaucoup mieux, comte. Par exemple le vol commis dans le train de luxe de la Riviera le 13 février 1892. Voici le faux chèque tiré la même année sur le Crédit Lyonnais.

— Non. Là vous êtes dans l'erreur.

— Je suis donc dans le vrai pour le reste. Allons, comte ! Vous êtes un joueur de cartes. Quand votre adversaire possède tous les atouts, vous n'avez plus qu'à jeter vos cartes.

— Quel est le rapport entre tout ce bavardage et le joyau dont vous m'avez parlé ?

— Doucement, comte ! Modérez votre impatience ! Laissez-moi marquer les points à ma manière. Je possède déjà tout cela contre vous. Mais, surtout, j'ai un dossier parfait contre vous et votre garde du corps dans l'affaire du diamant de la Couronne.

— Vraiment !

— J'ai le cocher qui vous a conduit à Whitehall et le cocher qui vous a ramené. J'ai le commissionnaire qui vous a vu près de la vitrine. J'ai Ikey Sanders, qui a refusé de le débiter pour vous. Ikey a mouchardé : la partie est terminée. »

Les veines se gonflèrent sur le front du comte. Ses mains brunes, poilues, se crispèrent sous l'effet d'une violente émotion contenue. Il essaya de parler, mais les mots ne se façonnèrent pas dans sa bouche.

« Voilà la main avec laquelle je joue, dit Holmes. J'ai abattu mes cartes sur la table. Il me manque une carte : le roi de carreau. Je ne sais pas où est le diamant.

— Vous ne le saurez jamais.

— Non ? Allons, comte, soyez raisonnable ! Considérez la situation. Vous allez être sous clef pendant vingt ans. Sam Merton également. Que tirerez-vous de votre diamant pendant ce temps-là ? Rien du tout. Mais si vous le rendez... eh bien, je pactiserai avec le crime ! Nous ne vous voulons pas, vous, ni Sam. Nous voulons la pierre. Rendez-la-nous, et tout au moins en ce qui me concerne vous partirez libre et vous le resterez tant que vous vous comporterez honorablement dans l'avenir. Si vous commettez une nouvelle faute... Tant pis, elle sera la dernière ! Mais cette fois, j'ai mandat de récupérer la pierre, pas de vous mettre sous les verrous.

— Et si je refuse ?

— Eh bien, malheureusement, si je n'ai pas la pierre, vous paierez. »

Billy avait paru en réponse à un coup de sonnette.

« Je pense, comte, qu'il ne serait pas mauvais que votre ami Sam assiste à cet entretien. Après tout, ses intérêts sont en jeu. Billy, vous verrez devant la porte un gentleman gros et laid. Priez-le de monter.

— Et s'il ne veut pas, monsieur ?

— Pas de violences, Billy ! Ne le brutalisez pas ! Si vous lui déclarez que le comte Sylvius le réclame, il montera tout de suite.

— Qu'allez-vous faire maintenant ? interrogea le comte quand Billy eut disparu.

— Mon ami Watson vient de me quitter. Je lui ai dit que dans mon filet j'avais un requin et un goujon. Maintenant je lève mon filet, et hop ! je les remonte tous les deux. »

Le comte s'était dressé et il avait porté la main à son dos. Holmes fit pointer dans sa direction un objet qui faisait une bosse dans la poche de sa robe de chambre.

« Vous ne mourrez pas dans votre lit, Holmes !

— J'ai eu souvent la même idée. Est-ce si important de mourir dans son lit ? Après tout, comte, votre propre sortie de ce monde sera plus vraisemblablement verticale qu'horizontale. Mais finissons-en avec ces anticipations morbides. Pourquoi ne pas nous abandonner sans remords aux joies du présent ? »

Un éclair comme on en voit s'allumer dans les yeux des fauves passa dans le regard du criminel. Plus Holmes se tendait et se préparait à tout, plus il semblait grandir aux yeux de son adversaire.

« Il ne sert de rien de chatouiller votre revolver, mon ami ! dit-il d'une voix calme. Vous savez pertinemment que vous n'oserez pas l'utiliser, même si je vous laissais le temps de tirer. Ce sont des instruments malpropres et bruyants, comte, les revolvers ! Tenez-vous-en plutôt aux fusils à vent. Ah ! je crois que j'entends le pas de fée de votre estimable partenaire. Bonjour, monsieur Merton. Vous deviez vous ennuyer dans la rue, n'est-ce pas ? »

Le boxeur était un jeune homme à lourde charpente, qui avait l'air aussi stupide qu'obstiné. Il demeura gauchement à la porte et regarda autour de lui avec étonnement. Cette attitude débonnaire de Holmes le surprenait ; il se rendait compte confusément qu'elle était hostile, mais il ne savait pas comment la contrer. Il se tourna vers son camarade.

« Qu'est-ce que ça veut dire, comte ? Que nous veut ce type ? Que se passe-t-il ?

Il avait la voix grave et rauque.

Le comte haussa les épaules ; Holmes répondit à sa place :

« Pour vous résumer la situation, monsieur Merton, je dirais que tout est terminé. »

Le boxeur continua à s'adresser à son associé :

« Est-ce que ce pigeon essaie d'être drôle, ou quoi ? Moi je n'ai pas envie de rire !

— Je m'en doute, fit Holmes. Je peux même vous assurer que plus la soirée avancera, moins vous vous sentirez d'humeur riante. Maintenant, écoutez-moi, comte Sylvius ! Je suis un homme fort occupé et je ne peux pas perdre de temps. Je vais dans ma chambre. Je vous prie de vous considérer ici comme chez vous en mon absence. Vous pourrez expliquer la situation à votre ami sans être gêné par ma présence. Je vais attaquer la barcarolle d'Hoffmann sur mon violon. Dans cinq minutes je reviendrai pour entendre votre réponse définitive. Vous avez bien saisi l'alternative, n'est-ce pas ? Ou vous, ou la pierre. »

Holmes se retira en emmenant son violon. Quelques instants plus tard les premières notes plaintives du plus obsédant de tous les airs jaillirent de l'autre côté de la porte fermée.

« Que se passe-t-il donc ? interrogea Merton avec anxiété. Il est au courant pour la pierre ?

— Il est au courant de beaucoup trop de choses à propos de la pierre. Je me demande s'il ne sait pas tout.

— Seigneur ! »

La figure maussade du boxeur blêmit. Ikey Sanders nous a mouchardés.

— Ah! il nous a mouchardés? Je jure que je l'étendrai pour le compte, s'il nous a trahis!

— Ce qui ne nous aiderait pas beaucoup. Il faut que nous décidions ce que nous allons faire.

— Un petit moment! dit le boxeur en regardant d'un air soupçonneux du côté de la porte de la chambre. C'est un pigeon isolé qui demande qu'on s'occupe de lui. Je suppose qu'il ne nous écoute pas?

— Comment pourrait-il écouter en jouant du violon?

— C'est vrai. Il y a peut-être quelqu'un derrière un rideau? Je trouve qu'il y a beaucoup de rideaux dans cette pièce.»

Regardant à droite et à gauche, il aperçut pour la première fois le mannequin à la fenêtre; il s'arrêta net, trop ahuri pour dire un mot.

«Tut! C'est une reproduction, lui expliqua le comte.

— Un faux, quoi? Eh bien, Mme Tussaud n'en a pas autant! Formidable! C'est craché! Mais ces rideaux, comte!...

— Oh! laissez tomber les rideaux! Nous perdons notre temps, et nous n'en avons pas de trop! Il peut nous envoyer au bagne, Sam, avec cette pierre.

— Pour sûr qu'il le peut, si Ikey nous a mouchardés!

— Mais il nous laisse filer si nous lui disons où elle est.

— Quoi! Renoncer à la pierre? Renoncer à cent mille livres?

— C'est l'un ou l'autre.»

Merton se gratta la tête.

«Il est seul ici. Il n'y a qu'à entrer. Une fois débarrassés de lui, nous n'aurons plus rien à craindre.»

Le comte fit signe que non.

« Il est armé. Il est prêt. Si nous le tuons, comment sortir d'un endroit pareil ? Par ailleurs il est probable que la police est au courant des preuves qu'il a réunies. Tiens ! Qu'est-ce que cela ? »

Un bruit vague sembla venir de la fenêtre. Les deux hommes écoutèrent, mais tout était calme. En dehors du mannequin assis sur son fauteuil, personne sûrement ne se trouvait dans la pièce.

« Quelque chose dans la rue, dit Merton. Maintenant, à vous, patron ! C'est vous qui avez de la tête. Certainement vous allez trouver un truc pour nous en sortir. Si la pierre ne sert à rien, c'est à vous de le dire.

— J'ai possédé des types plus forts que lui ! dit le comte. La pierre est dans ma poche. Je n'ai pas voulu courir le risque de m'en séparer. Elle peut être sortie ce soir d'Angleterre et coupée en quatre morceaux à Amsterdam avant dimanche. Il n'est pas au courant pour van Seddar.

— Je croyais que van Seddar partait la semaine prochaine ?

— Il devait partir seulement la semaine prochaine. Mais maintenant il faut qu'il parte par le prochain bateau. L'un ou l'autre de nous doit courir avec la pierre à Lime Street et le voir.

— Mais le fond truqué n'est pas prêt !

— Qu'il prenne la pierre comme elle est et qu'il coure sa chance. Nous n'avons plus un instant à perdre… »

À nouveau, avec le sens du danger qui devient chez le chasseur un véritable instinct, il s'arrêta et regarda en direction de la fenêtre. Oui, c'était sûrement de la rue qu'était venu le bruit de tout à l'heure.

« … Quant à Holmes, poursuivit-il, nous pouvons le mystifier assez facilement. Cet imbécile ne nous fera pas arrêter s'il peut récupérer la pierre. Eh bien, nous lui promettrons qu'il aura la pierre.

Nous le mettrons sur une fausse piste, et avant qu'il s'aperçoive que la piste est fausse, la pierre sera en Hollande et nous au diable !

— Pas mal ! s'écria Sam Merton.

— Vous allez partir et dire au Hollandais qu'il se dépêche. Moi, je vais voir cette sangsue, et je l'occuperai avec une fausse confession. Je lui dirai que la pierre est à Liverpool. Oh ! au diable cette musique ! Elle me porte sur les nerfs. Pendant qu'il constatera qu'elle n'est pas à Liverpool, elle sera à Amsterdam et nous sur l'eau bleue. Revenez ici ensuite. Voici la pierre.

— Je me demande comment vous osez la porter sur vous !

— Où serait-elle mieux en sécurité ? Puisque nous avons pu la voler à Whitehall, quelqu'un d'autre pourrait aussi bien la voler chez moi.

— Laissez-moi la regarder un peu... »

Le comte Sylvius couvrit son complice d'un regard peu flatteur, et dédaigna la main malpropre qui se tendait vers lui.

« Eh bien ? Vous croyez que je vais la garder pour moi ? Dites donc, mister, je commence à être un peu fatigué de vos manières !

— Allons, Sam, je ne voulais pas vous froisser ! Nous ne pouvons pas nous offrir le luxe d'une querelle en ce moment. Mettez-vous près de la fenêtre si vous voulez voir convenablement le joyau. Levez-le à la lumière ! Là !

— Merci ! »

D'un bond, Holmes avait sauté du fauteuil du mannequin et s'était emparé du précieux joyau. Il le tenait dans une main et de l'autre il pointait un revolver vers la tête du comte. Les deux bandits reculèrent, stupéfaits. Avant qu'ils se fussent repris, Holmes avait sonné.

« Pas de violences, messieurs ! Aucune violence,

s'il vous plaît ! Respectez mes meubles ! Votre situation est sans issue. La police attend en bas. »

La stupéfaction du comte l'emporta sur la peur et la colère.

« Mais comment diable ?... balbutia-t-il.

— Votre surprise est tout à fait normale. Vous ne saviez pas qu'une deuxième porte de ma chambre ouvrait derrière ce rideau. J'ai eu peur que vous m'ayez entendu quand j'ai déplacé le mannequin, mais la chance était avec moi. Ce qui m'a donné l'occasion d'écouter votre conversation distinguée, laquelle aurait été contrariée si vous vous étiez douté de ma présence. »

Le comte fit un geste de résignation.

« Nous vous donnons gagnant, Holmes. Je crois que vous êtes le diable en personne.

— Sinon lui, du moins un de ses proches parents ! » répondit Holmes avec un sourire poli.

L'esprit lent de Sam Merton commençait à réaliser la situation. Comme des pas pesants se faisaient entendre dans l'escalier, il rompit enfin le silence :

« Un drôle de flic ! fit-il. Mais je ne comprends pas : cette rengaine ? Je l'entends encore.

— Vous avez parfaitement raison, répondit Holmes. Le violon continue à jouer. Ces gramophones modernes sont une invention remarquable ! »

La police fit irruption, les menottes se refermèrent sur les poignets des criminels, ceux-ci furent emmenés vers le fiacre qui attendait en bas. Watson demeura avec Holmes et le complimenta sur le nouveau laurier qu'il venait d'ajouter à sa couronne. Mais leur conversation fut interrompue par l'imperturbable Billy qui entra avec une carte de visite sur un plateau.

« Lord Cantlemere, monsieur.

— Faites-le monter, Billy. Voici le pair éminent qui représente de très hauts intérêts, dit Holmes. C'est un excellent personnage très loyal, mais qui date légèrement. L'assouplirons-nous un peu ? Oserons-nous prendre avec lui certaines libertés ? Il ne sait certainement pas ce qui vient de se passer. »

La porte s'ouvrit sur un homme maigre au visage austère, taillé à coups de hache, paré d'énormes favoris noirs mi-victoriens qui s'harmonisaient assez mal avec les épaules voûtées et la taille mince. Holmes s'avança avec affabilité et serra une main molle.

« Comment allez-vous, Lord Cantlemere ? Il fait frais pour cette époque de l'année, mais dans un appartement la température est assez douce. Voulez-vous retirer votre manteau ?

— Non, merci. Je le garde sur moi. »

Holmes posa une main insistante sur la manche.

« Je vous en prie, permettez-moi ! Mon ami le docteur Watson vous dirait que ces changements de température sont traîtres. »

Sa Seigneurie se libéra avec quelque impatience.

« Je suis très bien, monsieur. D'ailleurs je ne reste pas. Je suis simplement entré pour savoir si votre enquête progressait.

— Elle est difficile, monsieur. Très difficile.

— Je pensais bien que vous la trouveriez difficile… »

Le ricanement perçait sous les paroles et l'attitude du vieux courtisan.

« … Chacun d'entre nous découvre ses limites, monsieur Holmes. Mais au moins cette découverte guérit-elle d'une faiblesse humaine : la satisfaction de soi-même.

— Oui, monsieur, je suis très embarrassé.

— Je n'en doute point.

— Spécialement sur un point. Peut-être consentiriez-vous à m'aider ?

— Vous me demandez conseil un peu tard aujourd'hui. Je croyais que vos méthodes suffisaient à tout. Toutefois je suis disposé à vous aider.

— Voyez-vous, Lord Cantlemere, nous pourrons sans aucun doute constituer un dossier contre les voleurs.

— Quand vous les aurez pris.

— En effet. Mais la question qui se pose est... Comment opérerons-nous contre le receleur ?

— N'est-ce pas un peu prématuré ?

— Il vaut mieux que nos plans soient tout prêts. À votre avis quelle preuve pourrait être considérée comme formelle contre le receleur ?

— Quelle preuve ? Eh bien, qu'il ait réellement la pierre en sa possession !

— Cela vous paraît suffisant pour le faire arrêter ?

— Naturellement ! »

Holmes riait rarement, mais cette fois il approcha vraiment du gros rire.

« En ce cas, mon cher monsieur, je vais être sous la pénible nécessité de vous faire arrêter. »

Lord Cantlemere se mit très en colère. Ses joues creuses se colorèrent de vieilles flammes qu'on aurait pu croire irrévocablement éteintes.

« Vous prenez de grandes libertés, monsieur Holmes ! En cinquante années de vie officielle, je ne me souviens pas d'une audace analogue. Je suis fort occupé, monsieur, engagé dans des affaires importantes, et je n'ai ni le goût ni le temps de plaisanter stupidement. Je tiens à vous dire, monsieur, que je n'ai jamais cru en vos facultés, et que j'ai toujours considéré que l'affaire aurait été bien mieux menée par la police régulière. Votre comportement confirme toutes mes conclusions. J'ai l'honneur, monsieur, de vous souhaiter le bonsoir. »

Avec vivacité, Holmes s'était déplacé, et il s'était interposé entre le pair et la porte.

« Un moment, monsieur ! lui dit-il. Partir pour de bon avec la pierre de Mazarin serait un crime beaucoup plus grave que d'être trouvé en sa possession provisoire.

— Monsieur, voici qui est intolérable ! Laissez-moi passer !

— Plongez la main dans la poche droite de votre manteau.

— Que voulez-vous insinuer, monsieur ?

— Allons, allons ! Faites ce que je vous dis. »

Dans la minute qui suivit, le pair demeura pétrifié, clignant des yeux et bégayant, avec la grosse pierre jaune dans la paume de sa main tremblante.

« Comment ! Quoi ! Monsieur Holmes !

— C'est trop fort, Lord Cantlemere, trop violent, n'est-ce pas ? s'écria Holmes. Mon vieil ami Watson vous dira que les farces sont chez moi une habitude impie. Et aussi que je ne résiste jamais au plaisir de créer une situation dramatique. J'ai pris la liberté (une très grande liberté, j'en conviens !) de mettre la pierre dans votre poche tout au début de notre entretien. »

Le vieux lord regarda le visage souriant de Holmes.

« Monsieur, je suis émerveillé. Mais... Oui, c'est bien la pierre de Mazarin ! Nous sommes grandement vos débiteurs, monsieur Holmes. Votre sens de l'humour peut, comme vous en étiez convenu, être un tant soit peu déplacé et ses manifestations remarquablement hors de propos ; du moins je retire tout ce que j'ai pu dire sur vos stupéfiantes qualités professionnelles. Mais comment ?...

— Les détails attendront. Je ne doute pas, Lord Cantlemere, que le plaisir que vous prendrez à raconter l'heureuse issue de cet incident dans les milieux supérieurs que vous allez retrouver rachètera quelque chose de ma mauvaise plaisanterie. Billy, voulez-vous reconduire Sa Seigneurie, et avertir Mme Hudson que je serais heureux si elle nous montait le plus tôt possible un dîner pour deux. »

LES TROIS PIGNONS

Je crois qu'aucune de mes aventures avec M. Sherlock Holmes n'a débuté d'une manière aussi brusque ou aussi dramatique que celle des Trois Pignons. Je n'avais pas vu Holmes depuis plusieurs jours, et je n'avais aucune idée de la direction où se déployaient ses activités. Mais ce matin-là il était d'humeur bavarde ; il venait de m'installer sur le fauteuil bas dans un angle de la cheminée et, pipe au bec, il s'était recroquevillé sur le siège en vis-à-vis, quand notre visiteur survint. Si j'avais dit : « un taureau enragé survint », j'aurais traduit plus exactement l'impression provoquée par son entrée.

La porte s'ouvrit tout à coup et un Nègre colossal fit irruption dans le salon. Cette apparition aurait peut-être été comique si elle n'avait été terrifiante. Le Nègre était en effet habillé d'un costume voyant gris à carreaux ; une cravate couleur saumon flottait autour de son cou. Il projeta en avant sa grosse figure et son nez aplati ; ses yeux sombres dans lesquels couvait une méchanceté certaine se posèrent alternativement sur Holmes et sur moi.

« Lequel, messieurs, est M. Holmes ? »

Holmes leva sa pipe avec un sourire languissant.

« Oh ! C'est vous ?... »

Notre visiteur avança d'un pas furtif pour faire le tour de la table.

«... Dites, monsieur Holmes, mettez vos pieds ailleurs que dans les affaires des autres. Laissez les gens régler leurs petits problèmes comme ça leur plaît. Compris, monsieur Holmes?

— Continuez, répondit Holmes. J'ai plaisir à vous entendre.

— Oh! du plaisir, hé? grommela le sauvage. Ça ne vous ferait peut-être pas autant de plaisir si je vous dressais le poil. J'en ai maté quelques-uns de votre espèce avant vous, et ça n'avait pas l'air de leur faire plaisir quand je m'occupais d'eux. Regardez cela, monsieur Holmes!»

Il balança un poing énorme sous le nez de mon ami. Holmes l'examina de près avec une physionomie très intéressée.

«Êtes-vous né avec ça? lui demanda-t-il. Ou bien l'avez-vous fait pousser progressivement?»

Peut-être fut-ce la froideur glacée de mon ami ou le léger bruit que je fis en m'emparant du tisonnier. En tout cas notre visiteur baissa le ton.

«Voilà! Je vous ai averti loyalement, dit-il. J'ai un ami qui est intéressé du côté de Harrow... Vous voyez ce que je veux dire?... Et il ne veut pas que vous vous mettiez en travers de son chemin. Compris? Vous n'êtes pas la loi. Je ne suis pas la loi non plus. Si vous vous en mêlez, je m'en mêlerai aussi. Ne l'oubliez pas!

— Je désirais justement vous rencontrer depuis quelque temps, fit Holmes. Je ne vous invite pas à vous asseoir, car je n'aime pas votre odeur; mais vous êtes bien Steve Dixie le cogneur?

— C'est mon nom, monsieur Holmes. Et je vous l'enfoncerai dans la gorge si vous me cassez les pieds!

— Il serait dommage que vous perdiez l'un de vos attraits les plus considérables! répondit Holmes en regardant les énormes extrémités inférieures de notre visiteur. Mais je pensais au meurtre du jeune

Perkins devant la porte du Holborn Bar... Comment ! Vous partez ? »

Le Nègre avait bondi et reculé ; son visage était devenu gris.

« Je n'ai pas à écouter vos boniments ! dit-il. Qu'ai-je à voir avec ce Perkins, monsieur Holmes ? J'étais à l'entraînement au Bull Ring à Birmingham quand ce gosse a eu des ennuis.

— Vous raconterez cela au juge, Steve ! dit Holmes. Moi, je vous ai surveillé, vous et Barney Stockdale...

— Oh ! monsieur Holmes !...

— Ça suffit ! Filez d'ici. Quand j'aurai besoin de vous, je vous ferai signe.

— Au revoir, monsieur Holmes. J'espère que vous ne m'en voulez pas trop de ma visite ?

— Ça dépend. Dites-moi qui vous a envoyé.

— Oh ! ça n'est pas un secret, monsieur Holmes : le même gentleman dont vous venez de citer le nom.

— Et qui lui a commandé de vous envoyer à moi ?

— Je vous le jure, monsieur Holmes, je n'en sais rien ! Il m'a juste dit : "Steve, va voir M. Holmes, et dis-lui que sa vie sera en danger s'il se promène du côté de Harrow." C'est la vérité vraie ! »

Sans attendre d'autres questions, notre visiteur se précipita hors de la pièce aussi brusquement qu'il était entré. Holmes, riant sous cape, secoua les cendres de sa pipe.

« Je suis heureux que vous n'ayez pas été obligé de fendre cette tête cotonneuse, Watson. J'avais suivi vos manœuvres avec le tisonnier. Mais c'est réellement un type inoffensif, un grand bébé musclé, idiot, balbutiant, et facilement maîtrisable comme vous vous en êtes aperçu. Il fait partie du gang de Spencer John et il a joué son rôle dans quelques sales affaires dont je m'occuperai quand j'aurai le temps ; son chef immédiat, Barney, est plus malin. C'est une bande spécialisée dans des agressions, des coups d'intimidation, et le reste. Ce que je voudrais savoir, c'est qui tire les ficelles en cette occasion précise.

— Mais pourquoi chercher à vous intimider ?

— Pour l'affaire de Harrow Weald. Du coup, je vais m'en occuper ; puisque quelqu'un s'y intéresse tellement, elle ne doit pas être banale.

— Je ne connais rien de cette affaire, Holmes.

— J'allais justement vous en parler quand nous avons eu cet intermède comique. Voici la lettre de Mme Maberley. Si vous aviez envie de m'accompagner, nous lui télégraphierions et partirions tout de suite. »

Je lus la lettre suivante :

« *Cher monsieur Holmes,*

« *J'ai eu toute une série d'incidents bizarres à propos de cette maison, et j'aimerais beaucoup avoir votre avis. Vous me trouverez chez moi demain à n'importe quelle heure. La maison est à une courte marche de la gare de Weald. Je crois que mon regretté mari, Mortimer Maberley, a été l'un de vos premiers clients.*

« *Votre dévouée, Mary Maberley.* »

L'adresse était : « Les Trois Pignons, Harrow Weald. »

« C'est tout ! dit Holmes. Et maintenant, si vous avez un peu de temps, Watson, nous irons faire un tour par là. »

Un court voyage en chemin de fer, une plus courte promenade en voiture, et nous arrivâmes devant la maison. C'était une villa construite en bois et en brique, bâtie sur son propre terrain qui était une prairie encore jeune. Trois maigres saillies au-dessus des fenêtres du haut s'efforçaient de justifier le nom des Trois Pignons. Derrière, un petit bois de pins mélancolique rassemblait quelques troncs rabougris. Le lieu respirait la pauvreté et la tristesse. Néanmoins la maison était bien meublée, et la dame qui nous reçut me parut une personne sympathique, d'un certain âge, visiblement cultivée et même raffinée.

« Je me rappelle fort bien votre mari, madame ! lui dit Holmes. Et pourtant voilà des années qu'il a requis mes services pour je ne sais plus quelle bagatelle.

— Peut-être le nom de mon fils Douglas vous sera-t-il plus familier ? »

Holmes la considéra avec un vif intérêt.

« Mon Dieu ! Seriez-vous la mère de Douglas Maberley ? Je ne l'ai guère approché. Mais, bien entendu, tout Londres le connaissait. Quel être magnifique ! Où est-il maintenant ?

— Il est mort, monsieur Holmes. Mort ! Il avait été nommé attaché à Rome, et il est mort là-bas d'une pneumonie le mois dernier.

— Je suis désolé. Il m'était impossible d'associer la mort avec un homme pareil. Jamais je n'ai connu quelqu'un de plus amoureux de la vie. Il vivait intensément… par toutes ses fibres.

— Trop intensément, monsieur Holmes. Voilà ce qui l'a miné ; vous vous rappelez comme il était : généreux, splendide ! Vous n'avez pas vu l'être morose, maussade, cafardeux qu'il était devenu. Il eut le cœur brisé. En l'espace d'un seul mois, il s'était transformé en cynique.

— Une affaire d'amour ? Une femme ?

— Ou un démon ! Enfin, ce n'est pas pour vous parler de mon pauvre fils que je vous ai demandé de venir, monsieur Holmes.

— Le docteur Watson et moi-même, nous sommes à votre disposition.

— Divers incidents très étranges se sont produits. Voici plus d'un an que j'habite cette maison ; comme je désirais mener une existence retirée, je connais peu mes voisins. Il y a trois jours j'ai reçu la visite d'un agent immobilier. Il m'a dit que cette demeure conviendrait parfaitement à l'un de ses clients et que si je voulais m'entendre avec lui les questions d'argent seraient vite résolues. J'ai trouvé bizarre cette démarche, étant donné qu'il existe dans la région bon nombre de maisons vides à vendre ou à louer, mais tout de même sa proposition m'a intéressée. J'ai donc indiqué un prix, supérieur de cinq cents livres à la somme que j'avais déboursée. Il n'a pas discuté le chiffre, mais il a ajouté que son client désirait acheter aussi l'ameublement, et il m'a priée de fixer mon prix. Une partie de mon mobilier provient de ma famille ; comme vous pouvez le voir, il est en bon état ; aussi ai-je arrondi mon chiffre. Il a acquiescé aussitôt. J'ai toujours eu la passion des voyages : j'avais fait une si bonne affaire qu'il me semblait que j'aurais de quoi vivre confortablement jusqu'à la fin de mes jours.

« Hier, l'agent s'est présenté avec l'acte tout prêt. Je l'ai montré à mon avocat M. Sutro, qui habite Harrow. Il m'a dit : "C'est un papier très bizarre. Avez-vous compris que si vous le signez, vous ne pourrez légalement rien retirer de la maison, même pas vos objets personnels ?" Quand l'agent est revenu le soir, je le lui ai fait remarquer, et je lui ai précisé que je n'entendais vendre que le mobilier.

« — Non, pas du tout ! m'a-t-il répondu. Le prix d'achat englobe tout.

« — Mais mes vêtements ? mes bijoux ?

« — Nous pourrons vous consentir une dérogation pour vos objets personnels. Mais rien ne devra être retiré de la maison sans avoir été préalablement vérifié. Mon client est très généreux, mais il a ses marottes et ses façons d'agir. Avec lui c'est tout ou rien.

« — Alors, rien ! ai-je déclaré.

« Et l'affaire en est restée là ; toutefois elle m'a paru si extraordinaire que j'ai pensé... »

Mais une interruption peu banale se produisit.

Holmes leva la main pour obtenir le silence. Puis il traversa la pièce, ouvrit brusquement la porte et tira à l'intérieur une grande femme décharnée qu'il avait saisie par l'épaule. Elle entra en se débattant comme un grand poulet maladroit qu'on aurait arraché de sa cage.

« Laissez-moi ! Que faites-vous donc ? gémit-elle.

— Eh bien, Susan, que veut dire cela ?

— Mais, madame, je venais demander si les visiteurs restaient ici pour le déjeuner, quand cet homme m'a sauté dessus.

— Il y a plus de cinq minutes que je l'entends, mais je ne voulais pas interrompre un si intéressant récit. Un tout petit peu asthmatique, Susan, n'est-ce pas ? Vous avez la respiration trop forte pour ce genre de travail. »

Susan tourna vers Holmes une tête maussade mais étonnée.

« Qui êtes-vous ? Et de quel droit me tourmentez-vous ainsi ?

— Uniquement parce que je désirais poser une question en votre présence. Avez-vous confié à quelqu'un, madame Maberley, votre intention de m'écrire et de me consulter ?

— Non, monsieur Holmes, à personne.

— Qui a posté cette lettre ?

— Susan.

— Bien sûr ! Maintenant, Susan, à qui avez-vous écrit ou qui avez-vous fait prévenir que votre maîtresse allait me demander conseil ?

— C'est un mensonge ! Je n'ai prévenu personne.

— Écoutez, Susan ! Les asthmatiques parfois ne vivent pas longtemps. C'est un gros péché de raconter des histoires. À qui avez-vous écrit ?

— Susan ! s'écria sa maîtresse. Vous êtes une mauvaise femme, vous m'avez trahie. Je me rappelle maintenant que vous avez parlé à quelqu'un par-dessus la haie.

— C'est mon affaire, répondit Susan.

— Et si je vous disais que c'était à Barney Stockdale que vous parliez ? demanda Holmes.

— Eh bien, puisque vous le savez, pourquoi m'interrogez-vous ?

— Je n'en étais pas sûr ; mais à présent je sais. Écoutez-moi bien, Susan : cela vous rapportera dix livres si vous me dites qui se tient derrière Barney.

— Quelqu'un qui pourrait m'offrir mille livres chaque fois que vous m'en proposeriez dix.

— Un homme si riche ? Non ! Vous avez souri. Une femme riche, alors ? Maintenant que nous en sommes arrivés là, vous pouvez bien me donner son nom et gagner vos dix livres ?

— Je vous verrai en enfer d'abord !

— Oh ! Susan ! Quel langage !

— Je m'en vais. J'en ai assez de vous tous ! Je ferai prendre ma valise demain. »

Elle se dirigea vers la porte.

« Bonsoir, Susan. L'élixir parégorique est un bon remède... Attention ! reprit-il en quittant son air enjoué dès que la femme eut refermé la porte, ce gang travaille vite. Voyez comme ils serrent le jeu : votre lettre porte le cachet de la poste de dix heures du soir. Susan passe le mot à Barney. Barney a le temps d'aller trouver son chef et de prendre ses instructions ; lui ou elle (je pense qu'il s'agit d'une femme quand je revois le petit sourire de Susan s'imaginant que je me trompais) dresse son plan. Black Steve est convoqué, et le lendemain matin à onze heures je reçois l'avertissement. C'est de l'ouvrage vite fait, vous savez !

— Mais ouvrage qui rime à quoi ?

— Oui, voilà la question ! Qui était le propriétaire précédent ?

— Un officier de marine à la retraite, qui s'appelait Ferguson.

— Vous ne savez rien de spécial sur lui ?

— Je n'ai rien entendu dire.

— Je me demandais s'il n'avait pas enterré quelque chose ici. De nos jours certes, quand les gens enterrent un trésor, c'est dans un coffre en banque. Mais il y a toujours des fantaisistes de par le vaste monde. Sans eux nous nous ennuierions fort. D'abord j'ai pensé à un trésor enfoui quelque part. Mais pourquoi, dans ce cas, vouloir votre ameublement ? Vous ne possédez pas par hasard un Raphaël ou une édition originale de Shakespeare sans le savoir ?

— Non, je crois que je ne possède rien de plus précieux qu'un service à thé du derby de la couronne.

— Ce qui justifierait difficilement tout ce mystère. D'autre part, pourquoi ne précise-t-on pas ce qu'on veut ? Si on convoite votre service à thé, on n'a qu'à vous en offrir un prix sans vous empêcher de sortir autre chose. Non, plus j'y pense, et plus je suis sûr que vous possédez sans le savoir un objet que vous ne vendriez pas si on vous proposait de l'acheter.

— C'est aussi mon avis, dis-je.

— Voyez : le docteur Watson est de mon avis, ce qui règle tout.

— Mais, monsieur Holmes, quel peut être cet objet ?

— Voyons si, simplement par analyse mentale, nous ne pouvons pas aller plus loin. Il y a une année que vous habitez ici ?

— Presque deux ans.

— Tant mieux ! Pendant cette longue période de temps, personne ne vous a rien demandé. Maintenant tout à coup, en trois ou quatre jours, on vous soumet des propositions pressantes. Qu'en pensez-vous ?

— Cela signifie seulement, répondis-je, que l'objet qui intéresse l'acquéreur vient d'arriver dans la maison.

— Voilà encore une fois qui règle tout ! fit Holmes. Madame Maberley, un nouvel objet vient-il d'arriver ici ?

— Non. Je n'ai rien acheté de neuf cette année.

— Vraiment ? Extraordinaire ! Eh bien, je crois que nous ferions mieux de laisser les choses se développer un peu pour avoir une vue plus claire de l'affaire. Cet avocat que vous avez consulté est-il capable ?

— Monsieur Sutro est très capable !

— Avez-vous une autre domestique ? Ou cette charmante Susan qui vient de claquer votre porte était-elle seule employée à votre service ?

— J'ai une jeune bonne.

— Essayez d'obtenir de Sutro qu'il passe une nuit ou deux dans votre maison. Vous aurez peut-être besoin d'être protégée.

— Contre qui ?

— Qui sait ? L'affaire est obscure ! Si je ne peux pas découvrir ce qu'on recherche, je devrai la prendre par l'autre bout, et m'efforcer d'aboutir à la principale personne en cause. Cet agent immobilier vous a-t-il laissé son adresse ?

— Simplement son nom et sa profession : Haines-Johnson, agent immobilier et expert.

— Je ne pense pas que nous le trouvions dans le répertoire. Les hommes d'affaires honnêtes indiquent sur leurs cartes l'endroit où ils travaillent. Eh bien, faites-moi connaître chaque développement ultérieur de l'affaire. Je m'occupe de vous ; jusqu'à ce que l'énigme soit éclaircie, fiez-vous à moi. »

Quand nous passâmes dans l'entrée, les yeux de Holmes qui ne laissaient rien échapper se posèrent sur plusieurs malles et valises entassées dans un angle. Des étiquettes étaient encore accrochées.

« Milan, Lucerne. Ces bagages viennent d'Italie.

— Ce sont les affaires de mon pauvre Douglas.

— Vous ne les avez pas encore déballées ? Depuis combien de temps les avez-vous reçues ?

— Elles sont arrivées la semaine dernière.

— Mais vous m'avez dit... Eh bien, voilà certainement le maillon qui nous manquait ! Comment savons-nous si elles ne contiennent pas un objet de valeur ?

— C'est bien peu probable, monsieur Holmes. Mon pauvre Douglas n'avait que son traitement et une petite rente. Quel trésor aurait-il pu acheter ? »

Holmes réfléchissait.

« Ne tardez pas, madame Maberley ! lui dit-il enfin. Faites monter ces bagages dans votre chambre. Examinez-les le plus tôt possible et dressez-en l'inventaire. Je viendrai demain pour que vous me mettiez au courant. »

Il était évident que les Trois Pignons étaient sous surveillance : quand nous eûmes contourné la haute haie au bout du sentier, le boxeur nègre se tenait dans l'ombre. Nous tombâmes sur lui tout à fait soudainement : dans cet endroit isolé il paraissait sinistre, menaçant. Holmes mit une main à sa poche.

« Cherchez votre revolver, monsieur Holmes ?

— Non, Steve. Mon flacon de sels.

— Vous êtes un rigolo, monsieur Holmes, hein ?

— Je vous jure que vous ne rigolerez pas, Steve, si je m'intéresse à vous. Ce matin je vous ai loyalement averti.

— Eh bien, monsieur Holmes, je n'ai pas cessé

de penser à ce que vous m'avez dit, et je ne voudrais plus parler de cette affaire de M. Perkins. Si je peux vous aider, monsieur Holmes, je vous aiderai.

— Alors dites-moi qui est derrière toute cette affaire.

— Je le jure devant Dieu, monsieur Holmes ! Je vous ai dit la vérité tout à l'heure. Je ne sais pas. Mon patron Barney me donne des ordres, et c'est tout.

— Alors, rappelez-vous bien, Steve, que la dame dans cette maison, et tout ce qui est sous ce toit, est placé sous ma protection. Ne l'oubliez pas !

— Très bien, monsieur Holmes. Je m'en souviendrai.

— Je crois que je lui ai fait peur pour sa peau, observa Holmes quand nous reprîmes notre marche. Je crois qu'il moucharderait son patron s'il savait qui il est. J'ai eu de la chance de connaître les agissements de la bande de Spencer John, et de savoir que Steve en faisait partie ! Au fond, Watson, c'est une affaire pour Langdale Pike, et je vais aller le voir tout de suite. Quand je reviendrai mon dossier aura peut-être pris tournure. »

Je ne revis pas Holmes de la journée, mais je me doutais bien de la manière dont il l'avait employée, car Langdale Pike était son livre humain de références sur toutes les affaires scandaleuses de la société. Cet étrange personnage languissant passait ses heures dans une bow-window d'un club de St. James Street, et il était la station réceptrice et émettrice de tous les cancans. Il se faisait, paraît-il, un revenu de quatre mille livres par les entrefilets qu'il remettait chaque semaine aux journaux d'échos. Si un remous bizarre se produisait au plus profond des bas-fonds de la capitale, il était automatiquement enregistré à la surface par cette machine impitoyable. Holmes renseignait parfois

Langdale, et celui-ci lui rendait occasionnellement des services.

Quand j'aperçus mon ami le lendemain matin de bonne heure, je devinai qu'il était satisfait, mais une surprise désagréable ne tarda pas ; elle prit l'aspect du télégramme suivant :

« Vous prie de venir d'urgence. La maison de la cliente a été cambriolée cette nuit. La police est sur les lieux. Sutro. »

Holmes émit un sifflement.

« La crise est survenue plus vite que je ne le pensais. Derrière l'affaire se tient une personne de grande envergure, Watson. La crise ne me surprend pas après ce que j'ai appris. Ce Sutro, bien sûr, n'est qu'un avocat. Je crains d'avoir commis une faute en ne vous demandant pas de passer la nuit sur place à monter la garde. Ce type s'est révélé un vrai roseau ! Eh bien, nous n'avons qu'à nous rendre à Harrow Weald. »

Les Trois Pignons ne ressemblaient guère à la maison bourgeoise de la veille. Un petit groupe de badauds s'était rassemblé près de la grille du jardin, tandis que deux agents examinaient les fenêtres et les parterres de géraniums. À l'intérieur nous fûmes accueillis par un vieux gentleman à cheveux gris, qui se présenta comme l'avocat de Mme Maberley, ainsi que par un inspecteur affairé et rubicond qui salua Holmes comme un vieil ami.

« Ma foi, monsieur Holmes, j'ai peur qu'il n'y ait rien pour vous dans cette affaire. Uniquement un cambriolage banal, ordinaire, tout à fait dans la limite des capacités de cette pauvre vieille police. Les experts sont bien inutiles.

— Je suis sûr que l'affaire est en de très bonnes mains, répondit Holmes. Uniquement un cambriolage, dites-vous ?

— Mais oui ! Nous connaissons assez bien les hommes qui l'ont effectué et nous savons à peu près où les retrouver. C'est ce gang de Barney Stockdale, avec le gros Nègre... On les a vus dans les environs.

— Bravo ! Qu'ont-ils emporté ?

— Eh bien, ils ne semblent pas avoir emporté grand-chose. Mme Maberley a été chloroformée, et la maison... Mais voici la dame elle-même. »

Notre amie de la veille, paraissant très pâle et malade, était entrée dans la pièce en s'appuyant sur une petite bonne.

« Vous m'aviez donné un bon conseil, monsieur Holmes ! dit-elle en souriant tristement. Hélas ! je ne l'ai pas suivi ! Je ne voulais pas gêner M. Sutro, et je suis demeurée sans protection.

— J'entends parler de cela ce matin pour la première fois ! s'écria l'avocat.

— M. Holmes m'avait conseillé d'avoir un ami chez moi. J'ai négligé de l'écouter. J'ai payé cette négligence.

— Vous paraissez très fatiguée, dit Holmes. Pourrez-vous me dire néanmoins ce qui est arrivé ?

— Tout est consigné ici ! fit l'inspecteur en tapant sur un énorme carnet.

— Si toutefois Mme Maberley n'était pas trop fatiguée...

— Il y a en vérité si peu de chose à raconter ! Je suis sûre que cette Susan avait préparé un plan pour qu'ils pussent pénétrer. Ils connaissaient la maison par cœur. J'ai été un moment consciente de l'éponge de chloroforme qu'on m'a appliquée sur la bouche, mais je n'ai aucune idée du temps pendant lequel je suis restée sans connaissance. Quand je me suis réveillée, un homme se trouvait à côté de mon lit, et un autre se relevait avec un paquet qu'il avait pris dans les bagages de mon fils : ceux-ci étaient partiellement défaits et épars sur le plancher. Avant qu'il ait pu s'enfuir, j'ai bondi et l'ai empoigné.

— Vous avez couru là un gros risque ! murmura l'inspecteur.

— Je me suis cramponnée à lui, mais il s'est libéré et l'autre a dû me frapper car je ne me rappelle plus rien. Mary, ma petite bonne, a entendu le bruit et s'est mise à crier par la fenêtre. La police est arrivée, mais les voleurs étaient déjà partis.

— Qu'ont-ils emporté ?

— Je ne crois pas qu'il manque des objets de valeur. Je suis sûre qu'il n'y en avait pas dans les malles de mon fils.

— Les voleurs ont-ils laissé des indices ?

— Il y avait une feuille de papier que j'ai sans doute arrachée à l'homme que j'ai empoigné. Elle était toute froissée sur le plancher. Le texte est de l'écriture de mon fils.

— Autrement dit, ce papier ne nous sera pas très utile, commenta l'inspecteur. Toutefois, s'il a été entre les mains du cambrioleur...

— Exactement ! dit Holmes. Quel bon sens ! Je serais curieux de le voir. »

L'inspecteur tira de son calepin une feuille de papier pliée.

« Je ne laisse jamais passer un détail, dit-il pompeusement. En vingt-cinq ans de service, j'ai appris ma leçon. On peut toujours trouver une trace de doigt ou n'importe quoi. »

Holmes examina la feuille de papier.

« Qu'en pensez-vous, inspecteur ?

— On dirait la fin d'un roman, pour autant que j'en puisse juger.

— Il s'agit certainement de la fin d'un conte bizarre, observa Holmes. Vous avez remarqué les chiffres au haut de la page : 245. Où sont les autres 244 pages ?

— Eh bien, je suppose que les cambrioleurs les ont emportées. Grand bien leur fasse !

— Il est tout de même étrange qu'on cambriole

une maison pour voler des papiers pareils. Cela ne vous intrigue pas, inspecteur ?

— Si, monsieur. Mais je pense que dans leur hâte les coquins ont agrippé ce qui leur est tombé sous la main. Je leur souhaite beaucoup de joie avec leur butin !

— Pourquoi se sont-ils intéressés aux affaires de mon fils ? interrogea Mme Maberley.

— Parce qu'ils n'ont pas trouvé en bas d'objets de valeur, et qu'ils ont tenté leur chance au premier étage. Voilà comment je comprends les choses. Quel est votre avis, monsieur Holmes ?

— Il faut que je réfléchisse encore, inspecteur. Venez à la fenêtre, Watson. »

Côte à côte nous lûmes ce morceau de papier. Le texte commençait au milieu d'une phrase ; le voici :

« ... figure saignait considérablement par suite des coupures et des coups, mais ce n'était rien à côté de ce que saigna son cœur quand il vit ce merveilleux visage, le visage pour lequel il aurait volontiers sacrifié sa vie, assister à son angoisse et à son humiliation. Elle souriait. Oui, par le Ciel, elle souriait, comme le démon qu'elle était, alors qu'il la regardait ! Ce fut alors que l'amour mourut et que naquit la haine. L'homme doit vivre pour quelque chose. Si ce n'est pas pour vos baisers, milady, ce sera sûrement pour votre perte et ma revanche totale ».

« Étrange syntaxe ! dit Holmes en souriant et en rendant le papier à l'inspecteur. Avez-vous remarqué comme le "il" s'est subitement changé en "ma" ? L'auteur a été tellement captivé par son propre récit qu'il s'est imaginé en être le héros au moment suprême.

— Bien pauvre texte ! murmura l'inspecteur qui replaça le manuscrit dans son carnet. Comment ! Vous nous quittez, monsieur Holmes ?

— L'affaire me semble en si bonnes mains que je

ne vois pas pourquoi je resterais plus longtemps. Dites-moi, madame Maberley, ne m'aviez-vous pas dit que vous aimeriez voyager ?

— Ç'a été mon rêve depuis toujours, monsieur Holmes.

— Où auriez-vous envie d'aller ? Au Caire, à Madère, sur la Riviera ?

— Oh ! si j'avais assez d'argent, je voudrais faire le tour du monde !

— Bonne idée. Le tour du monde. Eh bien, au revoir ! Je vous enverrai peut-être un mot dans la soirée. »

Quand nous passâmes devant la fenêtre j'aperçus l'inspecteur qui souriait et secouait la tête. « Ces types intelligents ont toujours quelque chose de dérangé ! » Voilà ce que je lus sur les lèvres de l'inspecteur.

« Maintenant, Watson, en route pour la dernière étape de notre petit voyage ! me dit Holmes quand nous nous retrouvâmes dans le centre de Londres. Je pense que l'affaire peut être liquidée tout de suite, et je préfère que vous m'accompagniez, car il vaut mieux avoir un témoin quand on traite avec une femme comme Isadora Klein. »

Nous avions pris un cab et nous trottions vers Grosvenor Square. Holmes, plongé dans ses réflexions, s'agita soudain.

« À propos, Watson, je suppose que tout est lumineux maintenant dans votre esprit ?

— Non, je ne saurais l'affirmer. Je pense que nous nous rendons maintenant chez la dame qui se tient derrière cela ?

— En effet ! Mais le nom d'Isadora Klein ne vous dit-il rien du tout ? Bien sûr, elle a été *la* beauté célèbre : jamais une femme n'a pu rivaliser avec elle. C'est une pure Espagnole, elle a du sang des Conquistadores dans les veines, et sa famille a gouverné Pernambuco pendant des générations. Elle a épousé Klein, le vieux roi allemand du sucre, et bientôt elle est devenue la plus adorable et la plus riche de toutes les veuves de la terre. Un intervalle d'aventures a suivi, au cours desquelles elle s'est livrée à ses fantaisies. Elle a eu plusieurs amants, et Douglas Maberley, l'un des hommes les plus remarquables de Londres, a compté au nombre des élus. D'après ce que l'on a raconté, elle eut avec lui beaucoup plus qu'une simple aventure. Il n'avait rien d'un papillon mondain ; c'était un homme fort et fier qui donnait tout et réclamait tout en échange. Mais elle est la "belle dame sans merci" des romans. Une fois son caprice assouvi, elle rompt. Et si le partenaire a du mal à comprendre, elle sait comment lui ouvrir les yeux.

— Il s'agissait donc de la propre histoire de Douglas Maberley ?

— Tiens, vous vous décidez à faire la synthèse ! J'ai appris qu'elle allait épouser le jeune duc de Lomond qui pourrait être son fils. La mère de Sa Grâce peut négliger la différence d'âge, mais pas un gros scandale en perspective ; aussi il était impératif... Ah ! nous voici arrivés ! »

C'était l'une des plus belles maisons de West End. Un valet prit nos cartes comme un automate, puis revint nous dire que la dame était sortie.

« Bien, fit Holmes. Dans ce cas nous attendrons son retour. »

L'automate se détraqua.

« Sortie, cela signifie sortie pour vous ! dit-il.

— Bien, répéta Holmes. Cela signifie que nous n'aurons pas longtemps à attendre. Voulez-vous avoir l'obligeance de porter ce billet à votre maîtresse ? »

Il griffonna trois ou quatre mots sur une feuille de son carnet, la plia et la remit au valet.

« Qu'avez-vous écrit, Holmes ?

— Tout simplement ceci : “Alors, ce sera la police ?” Je crois qu'elle nous recevra. »

Et elle nous reçut. Une minute plus tard, avec une célérité surprenante, nous fûmes introduits dans un salon pour conte des Mille et Une Nuits, vaste et merveilleux, plongé dans une demi-obscurité que coupaient par places des lumières tamisées. La dame était parvenue, je pense, à cet âge de la vie où la beauté la plus orgueilleuse se complaît dans les éclairages doux. Quand nous entrâmes, elle se leva d'un canapé. Elle était grande, elle avait un maintien royal, son visage était adorablement artificiel : deux yeux noirs espagnols nous assassinèrent.

« Quelle est cette intrusion ? Et que veut dire ce message insultant ? interrogea-t-elle en brandissant le papier.

— Je n'ai pas besoin, madame, de vous donner des explications. J'ai trop de respect pour votre intelligence... Quoique j'avoue que cette intelligence s'est étrangement trouvée en défaut ces derniers temps !

— Comment cela, monsieur ?

— En supposant que les bravaches que vous avez loués pourraient m'empêcher par la peur d'accomplir mon travail. Jamais un homme n'embrasserait ma profession si à ses yeux le danger n'était pas un attrait. C'est donc vous qui m'avez obligé à me pencher sur l'affaire du jeune Maberley.

— Je n'ai nulle idée de ce dont vous me parlez. Qu'ai-je à voir avec des bravaches que j'aurais loués ? »

Holmes se détourna d'un air las.

« Décidément, j'avais surestimé votre intelligence ! Tant pis, bonsoir !

— Arrêtez ! Où allez-vous ?

— À Scotland Yard. »

Nous n'étions encore qu'à mi-chemin de la porte

qu'elle nous avait rattrapés et avait pris Holmes par le bras. De l'acier elle avait viré au velours.

« Allons, messieurs, asseyez-vous ! Parlons encore un peu. Je sens que je puis être franche avec vous, monsieur Holmes. Vous avez les sentiments d'un gentleman. Comme l'instinct féminin est prompt à le découvrir ! Je veux vous traiter en ami.

— Je ne puis vous assurer de la réciprocité, madame. Je ne suis pas la loi, mais je représente la justice dans la limite de mes modestes facultés. Je suis prêt à vous écouter ; je vous dirai ensuite comment j'agirai.

— Sans doute était-ce puéril de ma part de menacer un homme aussi brave que vous !

— Ce qui surtout a été puéril, madame, c'est que vous vous êtes placée entre les mains d'une bande de coquins qui peuvent vous faire chanter ou vous dénoncer.

— Non, je ne suis pas si naïve ! Puisque j'ai promis d'être sincère, je vous dirai que personne, sauf Barney Stockdale et Susan sa femme, ne se doute de l'identité de l'employeur. Quant à ces deux-là, eh bien, ce n'est pas la première... »

Elle sourit et fit un signe de tête empreint d'une charmante coquetterie.

« Je vois. Vous les avez déjà mis à l'épreuve ?

— Ce sont de bons chiens qui courent en silence.

— De tels chiens, tôt ou tard, mordent la main qui les nourrit. Ils seront arrêtés pour ce cambriolage. La police est à leurs trousses.

— Ils accepteront les conséquences. C'est pour cela qu'ils sont payés. Je ne paraîtrai pas dans l'affaire.

— À moins que je ne vous y fasse paraître.

— Non, vous ne me ferez pas paraître. Vous êtes un gentleman. Il s'agit d'un secret de femme.

— Premièrement, vous devez rendre ce manuscrit. »

Elle éclata de rire, et se dirigea vers la cheminée. Il y avait une masse calcinée qu'elle dispersa avec le tisonnier.

« Le rendrai-je ? » dit-elle.

Pendant qu'elle se tenait devant nous avec un sourire de défi, elle semblait si mutine et si exquise que je devinai que de tous les criminels auxquels Holmes avait eu affaire c'était elle qui allait lui donner le plus de mal. Cependant je le savais immunisé contre le sentiment.

« Voilà qui scelle votre destin, déclara-t-il froidement. Vous êtes très prompte à l'action, madame, mais cette fois vous êtes allée trop loin. »

Elle jeta le tisonnier.

« Comme vous êtes dur ! s'écria-t-elle. Puis-je vous raconter toute l'histoire ?

— Je crois que je pourrais vous la raconter.

— Mais vous devez la lire avec mes yeux, monsieur Holmes ! Vous devez la comprendre, du point de vue d'une femme qui voit toute l'ambition de sa vie risquant d'être anéantie au dernier moment. Une telle femme est-elle à blâmer si elle se protège ?

— Le péché originel a été commis par vous !

— Oui ! J'en conviens. Douglas était un charmant garçon, mais il ne convenait malheureusement pas à mes desseins. Il voulait m'épouser. M'épouser, monsieur Holmes, lui un bourgeois sans le sou ! Il ne voulait rien de moins. Il s'entêta. Parce que je m'étais donnée, il paraissait penser que je devais me donner toujours, et à lui seul. C'était intolérable. Enfin j'ai dû le lui faire comprendre.

— En louant des brutes qui l'ont rossé sous votre fenêtre.

— Vous avez l'air de tout savoir ! Oui, c'est exact. Barney et ses hommes l'ont chassé et ont été, je l'admets, un peu rudes. Mais alors que fit-il ? Aurais-je jamais cru qu'un gentleman pouvait envisager une chose pareille ? Il écrivit un livre dans lequel il raconta sa propre histoire. Moi, bien sûr, j'étais le loup ; lui, l'agneau. Tout y était, sous des noms supposés, bien sûr ! Mais qui à Londres ne nous aurait pas reconnus ? Allons, que dites-vous de cela, monsieur Holmes ?

— Après tout, il était dans son droit !

— C'était comme si l'air de l'Italie était entré dans son sang en lui insufflant la vieille cruauté italienne. Il m'a écrit, il m'a envoyé un exemplaire de son livre pour que j'aie la torture de l'anticipation. Il m'a dit qu'il y en avait deux exemplaires : un pour moi, l'autre pour son éditeur.

— Comment saviez-vous que l'éditeur ne l'avait pas reçu ?

— Parce que je savais qui était l'éditeur. Ce n'est pas le premier roman de Douglas, vous savez. J'appris donc que l'éditeur ne l'avait pas reçu. Puis presque aussitôt j'appris la mort subite de Douglas. Aussi longtemps que cet autre manuscrit risquait d'être mis en circulation, je ne pouvais pas me sentir en sécurité. Il était sûrement dans ses affaires, qui allaient être restituées à sa mère. J'ai mis le gang à l'œuvre. Susan est entrée comme domestique chez Mme Maberley. Je voulais agir honnêtement. Réellement, vraiment oui, je le voulais ! J'étais disposée à acheter la maison et tout ce qu'elle contenait. J'ai accepté le prix qu'elle m'a demandé. Je n'ai tâté de l'autre moyen que lorsque le premier a échoué. Maintenant, monsieur Holmes, en admettant que j'aie été trop dure pour Douglas (et Dieu sait si je m'en repens !), que pouvais-je faire d'autre avec tout mon avenir en jeu ? »

Sherlock Holmes haussa les épaules.

« Bien ! fit-il. Je suppose que je vais devoir pactiser avec le crime, comme d'habitude. Combien coûte un voyage autour du monde en première classe ? »

La jeune femme le regarda avec ahurissement.

« Pas plus de cinq mille livres, je suppose ?

— Non, je ne crois pas.

— Parfait. Vous voudrez bien me signer un chèque de ce chiffre, et je veillerai à ce qu'il parvienne à Mme Maberley. Vous lui devez un petit changement d'air. En attendant, madame... »

Il leva un doigt avertisseur.

« ... Faites attention ! Attention ! Vous ne jouerez pas éternellement avec des objets tranchants sans abîmer ces mains délicates ! »

L'AVENTURE DES TROIS GARRIDEB

Est-ce une comédie ou une tragédie ? Un homme a perdu la raison, j'ai subi une saignée, et un autre homme a encouru les foudres de la loi. Cependant le comique n'a pas manqué. Vous jugerez par vous-même.

Je me rappelle fort bien la date, car Holmes venait de refuser le titre de chevalier pour des services rendus que je serai peut-être amené à raconter un jour. Je n'y fais qu'une brève allusion, car ma situation d'associé et de confident m'oblige à une discrétion exemplaire. Je répète toutefois que je suis en mesure de préciser la date : fin juin 1902, peu après la fin de la guerre en Afrique du Sud. Holmes avait passé plusieurs jours au lit, ce qui lui arrivait de temps en temps ; mais ce matin-là il apparut tenant dans une main un long document sur papier ministre ; une lueur de malice brillait dans ses yeux.

« Voici une occasion pour vous de gagner un peu d'argent, ami Watson ! me dit-il. Avez-vous déjà entendu le nom de Garrideb ? »

Je fus contraint d'admettre que non.

« Eh bien, si vous pouvez mettre la main sur un Garrideb, il y a de l'argent à gagner.

— Pourquoi ?

— Ah ! c'est une longue histoire ! Et une histoire

assez baroque... Je ne crois pas que, au cours de toutes nos explorations des complexités humaines, nous ayons jamais rencontré quelque chose d'aussi bizarre. Le bonhomme va bientôt se présenter ici. Je n'ouvre pas le dossier avant qu'il soit arrivé. Mais en attendant, nous avons besoin d'un Garrideb. »

L'annuaire du téléphone se trouvait près de moi; je tournai les pages à tout hasard. Or, ce nom étrange figurait dans la liste des abonnés. Je poussai un cri de triomphe.

« Le voici, Holmes! »

Holmes me prit l'annuaire des mains.

« Garrideb N., lut-il. 136 Little Ryder Street, W. Désolé de vous décevoir, mon cher Watson, mais ce Garrideb est l'homme que j'attends. L'adresse est écrite sur sa lettre. Nous avons besoin d'un autre Garrideb. »

Mme Hudson entra avec une carte de visite sur un plateau. Je la pris et y jetai un coup d'œil.

« Eh bien, le voici! m'exclamai-je. L'initiale n'est pas la même. John Garrideb, conseiller juridique, Moorville, Kansas, U.S.A. »

Holmes sourit en regardant la carte de visite.

« Je crains que vous ne deviez faire un nouvel effort, Watson. Ce gentleman est déjà lui aussi dans la combinaison; je ne m'attendais pourtant pas à le voir ce matin. Après tout il peut nous donner quelques renseignements utiles. »

M. John Garrideb, conseiller juridique, était un homme râblé, musclé, et il avait le visage frais, rond et rasé de beaucoup d'hommes d'affaires américains. Il paraissait joufflu et naïf; on avait l'impression d'un tout jeune homme qui souriait perpétuellement. Ses yeux par contre retenaient l'attention. J'ai rarement vu sur un visage humain deux yeux aussi expressifs: ils brillaient, ils étaient vifs, ils s'harmonisaient avec tout ce qui se passait dans la tête de leur propriétaire, lequel avait l'accent américain, mais se gardait de toute excentricité de langage.

« Monsieur Holmes ? interrogea-t-il en nous dévisageant successivement. Ah ! oui ! Vos photographies sont assez ressemblantes, monsieur, si je puis me permettre cette remarque. Je crois que vous avez reçu une lettre de mon homonyme, M. Nathan Garrideb, n'est-ce pas ?

— Asseyez-vous, je vous en prie, dit Sherlock Holmes. Nous avons, je pense, un assez long entretien devant nous... »

Il s'empara des feuilles de papier ministre.

« ... Vous êtes, bien sûr, le M. John Garrideb cité dans ce document. Mais vous avez passé quelque temps en Angleterre ?

— Pourquoi me dites-vous cela, monsieur Holmes ? »

Dans ses yeux, je lus une sorte de soupçon soudain.

« Tout votre trousseau est anglais. »

M. Garrideb émit un rire contraint.

« J'ai lu certaines de vos histoires, monsieur Holmes ; mais je n'aurais jamais cru que vos astuces me prendraient pour cible. À quoi avez-vous vu cela ?

— À la coupe de votre veston à l'épaule, au bout relevé de vos chaussures... Qui pourrait ne pas le voir ?

— Ma foi, je ne me doutais nullement que j'étais si évidemment Anglais. Mes affaires m'ont obligé à venir ici il y a quelque temps, et, en effet, presque tout mon trousseau, comme vous dites, provient de Londres. Cependant, je suppose que votre temps est mesuré et que nous ne nous sommes pas rencontrés pour parler de la coupe de mon costume. Si nous en venions à ce papier que vous avez en main ? »

Holmes avait dû froisser notre visiteur, dont le visage tout rond affichait une expression beaucoup moins aimable.

« Patience, monsieur Garrideb, patience ! susurra mon ami. Le docteur Watson vous dirait que les petites digressions auxquelles je me livre parfois se révèlent en fin de compte fort utiles. Mais pourquoi M. Nathan ne vous a-t-il pas accompagné ?

— Mais pourquoi vous a-t-il mêlé à tout ? demanda notre visiteur au bord de la colère. En quoi cette affaire vous regarde-t-elle ? Une conversation toute professionnelle s'était engagée entre deux gentlemen, et l'un d'eux éprouve le besoin d'appeler un détective à la rescousse ! Je l'ai vu ce matin, il m'a avoué l'idiotie qu'il avait commise : voilà pourquoi je suis venu ici. Mais je la trouve mauvaise, tout de même !

— Son initiative n'est pas dirigée contre vous, monsieur Garrideb. De sa part, il ne s'est agi que d'un effort pour toucher plus vite au but : but qui est, si j'ai bien compris, d'une importance capitale pour vous deux. Il savait que je dispose de certains moyens pour obtenir des renseignements ; il était donc tout naturel qu'il s'adressât à moi. »

Le visage de notre visiteur s'éclaira graduellement.

« Bon. Voilà qui place les choses sous un angle différent, dit-il. Quand je suis allé le voir ce matin et qu'il m'a dit qu'il s'était adressé à un détective, tout de suite j'ai demandé votre adresse et j'ai foncé chez vous. Je ne veux pas que la police intervienne dans une affaire privée. Mais si vous vous contentez de nous aider à trouver l'homme, il n'y a aucun mal à cela.

— C'est exactement ainsi que se présente l'affaire, répliqua Holmes. Et maintenant, monsieur, puisque vous êtes ici, nous aimerions bien avoir de votre bouche un récit bien clair. Mon ami Watson ne connaît pas les détails.»

M. Garrideb m'accorda un regard qui n'avait rien d'amical.

«Est-il indispensable qu'il soit au courant? demanda-t-il.

— Nous avons l'habitude de travailler ensemble.

— Après tout, il n'y a pas de raison pour garder le secret. Je vous résumerai les faits le plus brièvement possible. Si vous arriviez du Kansas, je n'aurais pas besoin de vous expliquer qui était Alexander Hamilton Garrideb. Il fit fortune dans les transactions immobilières, puis à la bourse du blé à Chicago, mais il dépensa beaucoup d'argent en achetant quantité de terrains, certains aussi étendus que n'importe lequel de vos comtés, le long de la rivière Arkansas, à l'ouest de Fort Dodge. Ce sont des terres à pâturages, des bois, des terres arables, des terres avec un sous-sol riche en minerais, des terres enfin bonnes à rapporter gros à leur propriétaire.

«Il n'avait ni ascendants ni descendants en vie. J'en aurais entendu parler. Mais il était fier de son nom peu banal. Voilà ce qui nous mit en contact. J'étais à Topeka où je m'occupais de problèmes juridiques. Un jour je reçus la visite du vieux bonhomme. Il était stupéfait que quelqu'un portât son propre nom. Il se mit aussitôt à l'œuvre pour savoir s'il existait au monde d'autres Garrideb.

«— Trouvez-m'en un autre! me dit-il.

«Je lui dis que j'étais un homme occupé et que je ne pouvais pas consacrer ma vie à faire le tour du monde en quête de quelques Garrideb.

«— Néanmoins, me répondit-il, c'est exactement ce que vous ferez si les choses se passent comme prévu.»

«Je crus qu'il plaisantait, mais il y avait une extraordinaire signification cachée dans ses paroles, comme je m'en aperçus bientôt.

« Il mourut en effet dans l'année. Il laissa un testament. Testament qui s'avéra le plus étrange qui ait jamais été enregistré dans l'État du Kansas. Il avait divisé ses biens en trois parties, et je devais recevoir la jouissance de l'une à la condition que je trouve deux autres Garrideb qui se partageraient le reste. C'est une affaire de cinq millions de dollars pour chacun, mais nous n'avons pas le droit d'y toucher tant que nous ne sommes pas trois à nous présenter devant le notaire.

« Cette chance était si extraordinaire que je quittai mon cabinet juridique pour partir à la recherche de deux Garrideb. Aux États-Unis, pas un. Je traversai l'Atlantique muni d'un peigne à dents serrées pour ratisser le pays. D'abord je trouvai un Garrideb dans l'annuaire du téléphone de Londres. J'allai le voir avant-hier et le mis au courant. Malheureusement il ne connaît aucun autre Garrideb mâle. Car le testament précise : trois adultes mâles. Il nous manque donc encore un Garrideb ; et si vous pouvez nous aider à remplir la place vacante, nous vous dédommagerons largement de vos frais.

— Eh bien, Watson ? me demanda Holmes en souriant. Je vous avais prévenu : ce n'est pas une affaire banale, n'est-ce pas ? J'aurais cru, monsieur, que votre moyen le plus sûr de dénicher un Garrideb aurait été d'insérer une annonce personnelle dans les journaux.

— J'y ai songé, monsieur Holmes. Pas de réponses.

— Ah ! ah ! Il s'agit certainement d'un curieux petit problème. Je m'en occuperai à mes heures de loisir. En passant, cela m'amuse que vous veniez de Topeka. J'y avais un correspondant (il est mort aujourd'hui), le vieux docteur Lysander Starr, qui fut maire en 1890.

— Brave vieux docteur Starr ! s'exclama notre visiteur. Son souvenir est encore honoré là-bas. Eh bien, monsieur Holmes, je suppose que nous ne pouvons rien faire de mieux que de vous tenir au courant de nos démarches. Je compte que nous nous reverrons sous peu. »

Sur cette promesse notre Américain salua et sortit.

Holmes avait allumé sa pipe ; il demeura quelque temps assis avec un curieux sourire sur les lèvres.

« Alors ? interrogeai-je enfin.

— Je me demande, Watson, je me demande...

— Quoi ? »

Holmes retira sa pipe de sa bouche.

« Je me demande, Watson, quel peut bien être le mobile qui pousse cet homme à nous débiter une telle quantité de mensonges. J'ai failli le lui demander à lui, car en certaines occasions une attaque frontale constitue la meilleure des politiques, mais j'ai estimé qu'il valait mieux le laisser croire qu'il nous avait roulés. Voici un individu qui porte un veston anglais effiloché au coude et un pantalon qui fait sac aux genoux parce qu'ils sont portés depuis un an, et cependant d'après ce document et son propre récit, il est un Américain de province qui vient d'arriver à Londres. Aucune annonce personnelle n'a paru dans la presse. Vous savez que je les suis de près. J'ai utilisé mon truc classique pour lever un oiseau, et j'ai vu apparaître mon faisan : je n'ai jamais connu de docteur Lysander Starr à Topeka. Où que vous le sondiez, vous tombez sur du faux. Je crois qu'il est effectivement Américain, mais il a adouci son accent parce qu'il habite Londres depuis quelques années. Quel jeu joue-t-il ? Quel mobile se dissimule derrière cette absurde recherche des Garrideb ? Il mérite toute notre attention, car c'est certainement un grand coquin. Il faut que nous sachions si notre autre correspondant est lui aussi un imposteur. Appelez-le donc au téléphone, Watson. »

Au bout du fil j'entendis une voix fluette, chevrotante :

« — Oui, ici M. Nathan Garrideb. M. Holmes est-il là ? J'aimerais beaucoup dire un mot à M. Holmes. »

Mon ami prit l'appareil et j'entendis l'habituel dialogue syncopé.

« Oui, il est venu ici. Je crois que vous ne le connaissez pas... Depuis combien de temps ?... Deux jours seulement !... Oui, bien sûr, les perspectives sont captivantes. Serez-vous ce soir à votre domicile ? Je suppose que votre homonyme n'y sera pas... Très bien, nous viendrons donc car je voudrais avoir un petit entretien avec vous... Le docteur Watson m'accompagnera... Votre lettre m'a averti que vous ne sortiez pas souvent... Eh bien, nous serons chez vous vers six heures. N'en dites rien au conseiller juridique américain... Très bien ! Bonsoir ! »

Une belle journée d'été touchait au crépuscule quand nous arrivâmes dans Little Ryder Street ; cette petite voie qui partait d'Edgware Road et qui se trouvait à un jet de pierre de Tyburn de sinistre mémoire paraissait toute dorée et féerique sous les rayons obliques du soleil couchant. La maison vers laquelle nous nous dirigeâmes était une vaste construction à l'ancienne mode dont la plate façade de brique était coupée seulement par deux grandes baies au rez-de-chaussée. Notre client habitait ce rez-de-chaussée ; les deux fenêtres à larges baies étaient situées, comme nous nous en aperçûmes, dans la grande pièce où il passait ses heures de veille. Holmes me montra la petite plaque de cuivre qui portait ce nom curieux.

« Elle remonte à plusieurs années, Watson, me dit-il en indiquant la surface décolorée. C'est bien son nom. »

La maison avait un escalier commun pour tous les locataires ; dans l'entrée diverses plaques indiquaient des bureaux ou des appartements privés. Elle n'avait rien d'un immeuble résidentiel ; elle abritait plutôt des célibataires voués à la bohème. Notre client nous ouvrit lui-même la porte et s'excusa en nous disant que la femme de charge s'en allait à quatre heures. M. Nathan Garrideb pouvait avoir une soixantaine d'années ; il était très grand, dégingandé, voûté, maigre et chauve. Il avait un visage cadavérique, et la peau grise de quelqu'un qui ne prend jamais d'exercice. De grandes lunettes rondes et un bouc en pointe se combinaient avec son attitude voûtée pour lui donner une expression de curiosité insinuante. En résumé il me parut aimable, mais excentrique.

La pièce était aussi peu banale que son occupant. Elle ressemblait à un petit musée. À la fois large et profonde, elle était bourrée d'armoires et de meubles à tiroirs débordant de spécimens géologiques et anatomiques. De chaque côté de l'entrée il y avait des vitrines contenant des papillons et des insectes. Au centre une grande table était jonchée de toutes sortes de débris, que couronnait le grand tube cuivré d'un puissant microscope. Je fus fort étonné, en regardant autour de moi, du nombre de choses auxquelles s'intéressait M. Nathan Garrideb. Ici, une vitrine protégeant des vieilles monnaies. Là, un tiroir plein d'instruments en silex. Derrière la table du milieu, une grande armoire remplie d'os fossilisés. Au-dessus, des crânes en plâtre qui portaient les noms de « Neandertal », « Heidelberg », « Cromagnon »... C'était assurément un étudiant ès divers. Pendant qu'il se tenait devant nous, il avait à la main une peau de chamois avec laquelle il faisait briller une pièce de monnaie.

« Syracuse, et de la meilleure époque ! nous expliqua-t-il en la levant à la lumière. Elles ont perdu beaucoup de leur valeur vers la fin. Celles de la meilleure époque dépassent tout, à mon avis ; certains préfèrent les monnaies d'Alexandrie, mais... Vous trouverez un siège ici, monsieur Holmes. Permettez-moi de vous débarrasser de ces os... Et vous, monsieur... Ah! oui, docteur Watson!... si vous vouliez avoir l'obligeance de pousser légèrement ce vase japonais... Vous voyez réunis les petits sujets qui m'intéressent. Mon médecin me gronde parce que je ne sors jamais, mais pourquoi sortirais-je quand tant de choses me retiennent ici? Je puis vous affirmer que s'il me fallait inventorier l'un de ces meubles j'en aurais largement pour trois mois. »

Holmes inspecta les lieux d'un regard amusé.

« Mais vraiment ne sortez-vous jamais ? demanda-t-il à M. Nathan Garrideb.

— De temps à autre je me fais conduire en fiacre chez Sotheby ou chez Christie, qui sont mes antiquaires préférés. Autrement je quitte rarement cette pièce. Je ne suis pas un colosse et mes recherches sont très absorbantes. Mais vous pouvez vous douter, monsieur Holmes, du choc terrible (agréable mais terrible) que j'éprouvai en apprenant cette bonne fortune sans précédent. Il ne manque plus qu'un Garrideb pour que l'affaire soit réglée ; sûrement nous en trouverons un ! J'avais un frère, mais il est mort, et les parentes du sexe féminin, paraît-il, ne comptent pas. Mais il y a certainement d'autres Garrideb de par le monde. On m'avait dit que vous vous occupiez d'affaires sortant de l'ordinaire ; voilà pourquoi j'ai fait appel à vous. Certes, ce gentleman américain n'a pas tort quand il me reproche de ne pas avoir pris son avis, mais j'ai agi pour le mieux.

— Je pense que vous avez eu tout à fait raison d'agir ainsi. Mais désirez-vous vraiment acquérir un domaine en Amérique ?

— Absolument pas, monsieur ! Rien ne pourrait me décider à abandonner mes collections. Mais ce gentleman m'a donné l'assurance qu'il me rachèterait ma part aussitôt que nos droits seraient reconnus. Il m'a parlé de cinq millions de dollars. Il existe une douzaine de spécimens actuellement sur le marché et qui combleraient certaines lacunes de mes collections; or, faute d'argent, je suis incapable de les acheter quelques centaines de livres. Pensez à ce que je pourrais faire, avec cinq millions de dollars! J'ai l'embryon d'une collection nationale. Je serai le Hans Sloane de mon époque.»

Derrière ses lunettes, ses yeux brillaient. Visiblement M. Nathan Garrideb ne s'épargnerait aucune peine pour découvrir un homonyme.

«Je suis simplement venu pour faire votre connaissance, dit Holmes, et je ne vois pas pourquoi j'interromprais vos travaux. Je préfère toujours établir un contact personnel avec mes clients. Je désire vous poser très peu de questions, car j'ai en poche votre lettre, qui est très claire, et j'ai complété ses indications par celles que m'a fournies ce gentleman américain. Je crois que jusqu'à cette semaine vous ignoriez son existence?

— En effet. Il est venu me voir mardi dernier.

— Vous a-t-il mis au courant de notre entretien d'aujourd'hui?

— Oui, il est venu tout droit chez moi. Il avait été très en colère.

— Pourquoi?

— Il semblait croire qu'il s'agissait d'une quelconque atteinte à son honneur. Mais quand il est revenu il paraissait rasséréné.

— Vous a-t-il suggéré un mode d'action?

— Non, monsieur, il ne m'a rien suggéré du tout.

— Vous a-t-il demandé, ou a-t-il déjà reçu, de l'argent?

— Non, monsieur.

— Vous ne voyez pas quel peut être son objectif?

— Non, en dehors de celui dont il fait état.

— Lui avez-vous parlé de notre rendez-vous par téléphone ?

— Oui, monsieur. Je l'ai mis au courant. »

Holmes réfléchit. Je m'aperçus qu'il était intrigué.

« Possédez-vous dans vos collections des échantillons de grande valeur ?

— Non, monsieur. Je ne suis pas riche. C'est une bonne collection, mais elle n'a pas une très grande valeur.

— Vous n'avez pas peur des cambrioleurs ?

— Aucunement.

— Depuis combien de temps habitez-vous ici ?

— Près de cinq ans. »

L'interrogatoire de Holmes fut interrompu par un coup de poing impératif à la porte. À peine notre client l'eut-il ouverte que le conseiller juridique d'Amérique fit irruption dans la pièce. Il semblait très énervé.

« Ah ! vous êtes ici ! s'écria-t-il en brandissant un journal. J'espérais arriver à temps. Monsieur Nathan Garrideb, mes félicitations ! Vous êtes un homme riche, monsieur. Notre affaire se termine, et tout va bien. Quant à vous, monsieur Holmes, nous ne pouvons vous dire qu'une chose : c'est que nous regrettons de vous avoir dérangé inutilement. »

Il tendit le journal à notre client, qui tomba en arrêt sur une annonce marquée d'une croix. Holmes et moi nous la lûmes par-dessus son épaule. Elle était rédigée ainsi :

HOWARD GARRIDEB
Constructeur de machines agricoles
Lieuses, moissonneuses, charrues à main
et à vapeur, perforatrices, herses, véhicules de ferme,
etc. Estimations pour puits artésiens.
S'adresser à Grosvenor Buildings, Aston.

« Bravo ! cria notre hôte. Nous avons notre troisième homme.

— J'avais entrepris des démarches à Birmingham, dit l'Américain, et mon agent m'a envoyé cette annonce parue dans un journal local. Nous devons nous hâter et régler l'affaire. J'ai écrit à notre homonyme, et je lui ai dit que vous le verriez à son bureau demain après-midi à quatre heures.

— Vous voulez que ce soit moi qui le voie ?

— Qu'en dites-vous, monsieur Holmes ? Ne pensez-vous pas que cela vaudrait mieux ? Me voici, moi, un Américain, qui débarque avec un conte de fées. Pourquoi me croirait-il sur parole ? Mais vous, vous êtes un Anglais avec de sérieuses références, et il vous croira. Je vous aurais volontiers accompagné, mais demain j'ai une journée très chargée ; d'ailleurs je pourrais aller vous retrouver si quelque chose n'allait pas.

— Je n'ai pas fait un voyage pareil depuis des années !

— Ça ne fait rien, monsieur Garrideb. J'ai préparé votre trajet. Vous partez à midi et vous devriez arriver peu après deux heures. Vous pouvez revenir le soir même. Tout ce que vous avez à faire est de voir cet homme, lui expliquer de quoi il retourne, et obtenir de lui un certificat de vie. Par le Seigneur ! ajouta-t-il avec force. Quand je pense que je suis venu du centre de l'Amérique, un voyage de cent cinquante kilomètres ne représente pas grand-chose pour mettre un point final à une telle affaire !

— Certainement ! intervint Holmes. Je crois que ce que dit ce gentleman est très juste. »

M. Nathan Garrideb haussa les épaules d'un air maussade.

« Puisque vous insistez j'irai, dit-il. Il serait ingrat de ma part de vous refuser quelque chose, puisque vous avez apporté tant d'espoirs à mes vieux jours.

— C'est donc arrangé, dit Holmes. Je compte sur vous pour me tenir au courant dès que possible.

— J'y veillerai ! assura l'Américain qui regarda sa montre. Il faut que je m'en aille. Je viendrai vous voir demain, monsieur Nathan, et je vous mettrai dans le train de Birmingham. Puis-je vous déposer, monsieur Holmes ? Eh bien alors, au revoir ! Nous aurons de bonnes nouvelles pour vous demain soir. »

Je notai que le visage de mon ami s'éclaira quand l'Américain sortit : toute perplexité l'avait quitté.

« J'aimerais bien regarder votre collection, monsieur Garrideb ! déclara Holmes. Dans ma profession il n'y a pas de connaissances inutiles, et votre chambre est un véritable musée. »

Notre client rougit de plaisir ; ses yeux étincelèrent derrière les lunettes.

« J'ai toujours entendu dire, monsieur, que vous étiez un homme remarquablement intelligent. Si vous avez le temps, je peux vous en faire faire le tour maintenant.

— Malheureusement mon temps est pris ce soir, répondit Holmes. Mais tous vos échantillons sont si bien classés et étiquetés que je pourrais me passer, je crois, de vos explications personnelles. Si vous m'autorisiez à venir ici demain, je serais heureux d'y jeter un coup d'œil.

— Bien volontiers. Vous êtes le très bienvenu chez moi. L'appartement sera fermé à clef, mais vous trouverez Mme Saunders au sous-sol jusqu'à quatre heures et elle vous remettra la clef pour que vous entriez.

— Il se trouve justement que demain après-midi je suis libre. Si vous aviez l'obligeance de dire un mot à Mme Saunders, ce serait parfait. À propos, qui est votre agent de location ? »

Notre client parut surpris par cette question.

« Holloway & Steele, dans Edgware Road. Mais pourquoi ?

— Je suis vaguement archéologue quand il s'agit de maisons, dit Holmes en riant. Je me demandais si celle-ci était de l'époque Queen Anne ou des Georges.

— Des Georges, sans aucun doute.

— Tiens ! Je l'aurais crue un peu plus ancienne. Toutefois la vérification est facile. Au revoir, monsieur Garrideb, et puissiez-vous mener à bien votre voyage de Birmingham ! »

L'agent de location habitait tout près ; mais son bureau était fermé pour la journée ; nous rentrâmes donc à Baker Street. Après dîner Holmes revint sur le sujet.

« Notre petit problème touche à sa conclusion, me dit-il. Sans doute voyez-vous déjà la solution ?

— Je m'y perds, Holmes. Il me paraît n'avoir ni queue ni tête.

— La tête est assez nette ; quant à la queue nous la verrons demain. N'avez-vous rien remarqué dans cette annonce ?

— Les puits artésiens...

— Oh ! vous aviez remarqué les puits artésiens, hé ? Ma foi, Watson, vous progressez tous les jours. On ne trouve guère de puits artésiens en Angleterre, alors qu'on s'en occupe beaucoup en Amérique. L'annonce était typiquement américaine. Qu'en pensez-vous ?

— Je pense que cet Américain l'a fait insérer lui-même dans ce journal. Mais dans quel but, voilà ce que je ne comprends pas.

— Plusieurs hypothèses sont possibles. Ce qui est certain, c'est qu'il voulait expédier à Birmingham ce bon vieux fossile. Voilà qui est clair. J'aurais pu l'avertir qu'il partait pour une chasse à l'oie sauvage, mais à la réflexion il m'a paru préférable qu'il débarrasse la scène. Demain, Watson… Eh bien, demain vous apprendra la vérité ! »

*

Holmes se leva et sortit tôt. Quand il revint à l'heure du déjeuner, il avait le visage grave.

« L'affaire est beaucoup plus sérieuse que je le croyais, Watson ! me dit-il. Il n'est que juste que je vous prévienne, bien que je sache parfaitement que ce sera une raison supplémentaire pour que vous fonciez. Je connais mon Watson ! Mais un danger existe réellement, et vous devez être au courant.

— Bah ! ce n'est pas le premier que nous avons partagé, Holmes ! J'espère qu'il ne sera pas le dernier. Qu'a-t-il de spécial, cette fois ?

— Nous nous heurtons à une entreprise très dure. J'ai identifié M. John Garrideb, conseiller juridique. Il n'est rien de moins que “Killer” Evans, tueur de sinistre réputation.

— Je ne suis pas plus avancé…

— Ah ! cela ne fait pas partie de votre métier de porter dans votre tête un répertoire du crime ? Je suis descendu voir notre ami Lestrade à Scotland Yard. Certes il peut y avoir là parfois un manque d'intuition imaginative, mais pour ce qui est de la méthode et du travail approfondi, Scotland Yard mène le monde ! J'ai eu l'idée que nous pourrions trouver trace de notre Américain dans leurs archives. Et, bien sûr, j'ai découvert son visage poupin qui me souriait dans la Galerie des portraits des bandits. Au-dessous, cette légende : “James Winter, *alias* Morecroft, *alias* Killer Evans”… »

Holmes tira de sa poche une enveloppe.

« … J'ai gribouillé quelques détails de son dossier. “Âge : 44 ans. Né à Chicago. Auteur d'un triple meurtre aux États-Unis. Échappé au bagne grâce à des influences politiques. Arrive à Londres en

1893. Abat un homme sur une table de jeu dans un night-club de Waterloo Road en 1895. L'homme meurt, mais les témoignages concordent pour affirmer qu'il a été l'agresseur. La victime est identifiée comme étant Rodger Prescott, célèbre comme faussaire et faux monnayeur à Chicago. Libéré en 1901. Surveillé par la police. Mène une existence honnête. Individu très dangereux ; toujours armé et prêt à tirer..." Tel est notre oiseau, Watson. Un beau gibier, comme vous en conviendrez.

— Mais que cherche-t-il ?

— Eh bien, son jeu commence à se préciser. Je suis allé chez l'agent de location. Notre client, comme il nous l'a dit, loge là depuis cinq ans. Avant qu'il prenne possession des lieux, ceux-ci étaient inoccupés. Le locataire précédent était un gentleman qui s'appelait Waldron. Au bureau, tout le monde se souvient bien de Waldron. Il a brusquement disparu, et personne n'a plus entendu parler de lui. C'était un homme grand, portant la barbe, très brun. Or, Prescott, l'individu qu'a abattu Killer Evans, était selon Scotland Yard un homme brun, grand et barbu. En tant qu'hypothèse de départ, je pense que nous pouvons admettre que Prescott, bandit américain, vivait dans cet appartement que notre innocent ami a transformé en musée. Voilà enfin un maillon de la chaîne, comprenez-vous ?

— Et le maillon suivant ?

— Eh bien, nous allons de ce pas nous en occuper... »

Il saisit un revolver dans un tiroir et me le remit.

« ... J'ai sur moi mon préféré. Si notre ami du Far West essaie de nuire à son homonyme, il faut que nous soyons prêts. Je vous donne une heure pour votre sieste, Watson. Après quoi il sera temps de nous mettre en route pour notre aventure de Ryder Street. »

Quatre heures sonnaient quand nous arrivâmes

dans la maison de Nathan Garrideb. Mme Saunders, femme de charge, allait sortir; mais elle ne fit aucune difficulté pour nous laisser entrer, car la porte était munie d'une serrure à ressort, et Holmes promit de veiller à ce que tout fût en ordre avant de partir. La porte se referma sur nous; son bonnet passa devant la baie vitrée; nous restions seuls au rez-de-chaussée. Holmes examina rapidement les lieux. Dans un coin sombre il y avait une armoire qui n'était pas tout à fait collée contre le mur. Ce fut derrière elle que nous nous dissimulâmes pour parer à toute éventualité. Holmes dans un chuchotement me confia les grandes lignes de son plan.

« Il voulait que notre ami quitte cette pièce. Cela est absolument sûr. Comme le collectionneur ne sortait jamais, il a fallu le décider moyennant les préparatifs que vous connaissez. Toute l'histoire des Garrideb n'a pas d'autre but. Je dois dire, Watson, qu'il y a dans ce projet une certaine invention diabolique, même si le nom bizarre du locataire lui a fourni un prétexte qu'il n'avait peut-être pas prévu. Il a glissé sa trame avec une astuce remarquable.

— Mais pourquoi ?

— Ah ! voilà ce que nous allons découvrir ! Son projet à première vue n'a rien à voir avec notre client ; il se rapporte à l'individu qu'il a abattu : un homme qui a pu être son complice dans le crime. Dans cette pièce il y a un secret coupable. Voilà comment je lis la situation. D'abord j'ai cru que notre ami pouvait avoir dans ses collections quelque chose d'une valeur qu'il ignorait lui-même, quelque chose qui aurait mérité l'attention d'un grand criminel. Mais le fait que Rodger Prescott de mauvaise mémoire ait habité cette pièce m'incline à envisager un motif plus grave. Nous n'avons qu'une chose à faire, Watson : nous armer de patience et attendre ce que l'avenir nous apportera. »

Ce fut un proche avenir. Nous entendîmes bientôt la porte s'ouvrir et se refermer et nous nous accroupîmes dans l'ombre. Puis ce fut le bruit sec, métallique d'une clef; l'Américain entra dans la pièce; il ferma doucement la porte derrière lui, inspecta les lieux d'un regard vif, retira son manteau, et avança vers la table du milieu du pas décidé de quelqu'un qui sait exactement ce qu'il doit faire et comment le faire. Il repoussa la table sur le côté, releva le carré de tapis sur lequel elle était posée, le roula, puis, tirant une pince-monseigneur de sa poche intérieure, s'agenouilla et se mit vigoureusement à l'ouvrage sur le plancher. Bientôt nous entendîmes un bruit de planches qui glissaient; l'instant d'après un trou carré apparut. Killer Evans frotta une allumette, alluma un bout de bougie, et disparut.

Notre heure était arrivée. Holmes me toucha légèrement le poignet; ensemble, sur la pointe des pieds, nous arrivâmes au bord de la trappe. Nous avions eu beau marcher doucement, le vieux plancher avait gémi sous nos pieds, et la tête de l'Américain émergea du trou. Il tourna vers nous une tête où se lisait une rage furieuse, qui s'apaisa progressivement quand il vit deux revolvers braqués sur lui.

« Bon, bon! fit-il froidement tout en remontant sur le plancher. Je crois que vous avez été de trop pour moi, monsieur Holmes. Vous avez percé mon jeu, je pense, depuis le début. Je vous l'accorde. Vous m'avez battu, et... »

En un dixième de seconde, il avait tiré un revolver d'une poche intérieure et fait feu, deux fois. Je sentis comme une cautérisation au fer rouge à la cuisse. Puis le revolver de Holmes s'abattit sur la tête de l'homme. J'eus la vision de Killer Evans s'étalant sur le plancher, de son sang qui s'écoulait de sa figure, et de Holmes le fouillant pour le désarmer. Enfin les bras de mon ami m'entourèrent et me conduisirent sur une chaise.

« Vous n'êtes pas blessé, Watson ? Pour l'amour de Dieu, dites-moi que vous n'êtes pas touché ! »

Cela valait bien une blessure, beaucoup de blessures, de mesurer enfin la profondeur de la loyauté et de l'affection qui se cachaient derrière ce masque impassible ! Pendant un moment je vis s'embuer les yeux durs, et frémir les lèvres fermes. Pour la première fois de ma vie, je sentis battre le grand cœur digne du grand cerveau. Cette révélation me paya de toutes mes années de service humble et désintéressé.

« Ce n'est rien, Holmes. Une simple égratignure. »

Il avait déchiré mon pantalon avec son canif.

« Vous avez raison ! s'écria-t-il en poussant un immense soupir de soulagement. La blessure est très superficielle... »

Son visage prit la dureté du silex quand il se tourna vers notre prisonnier qui se dressait sur son séant avec une figure ahurie.

« ... Cela vaut mieux pour vous. Si vous aviez tué Watson, vous ne seriez pas sorti vivant de cette pièce. À présent, monsieur, qu'avez-vous à nous dire pour votre défense ? »

Il n'avait pas grand-chose à dire pour sa défense ! Il se bornait à nous regarder de travers. Je m'appuyai sur le bras de Holmes, et ensemble nous regardâmes la petite cave où il était entré par la trappe secrète. Elle était encore éclairée par la bougie qu'Evans avait descendue avec lui. Nos yeux s'arrêtèrent sur une grosse machine rouillée, de grands rouleaux de papier, des bouteilles et, soigneusement alignés sur une table, de nombreux petits paquets bien enveloppés.

« Une presse à imprimer... Tout l'attirail du faux monnayeur, dit Holmes.

— Oui, monsieur ! reconnut notre prisonnier qui essaya de se remettre debout et qui retomba sur sa chaise. Le faux monnayeur le plus formidable qui ait jamais vécu à Londres. C'est la machine de Prescott, et ces paquets sur la table renferment deux mille billets de cent livres qu'il a fabriqués et qui auraient pu passer partout. Servez-vous, messieurs ! Appelez ça une affaire, et laissez-moi décamper. »

Holmes se mit à rire.

« Nous ne faisons pas de choses pareilles, monsieur Evans. Vous avez abattu ce Prescott, n'est-ce pas ?

— Oui, monsieur, et j'ai tiré cinq ans pour ça, bien que ce soit lui qui m'ait attaqué. Cinq ans ! Alors que j'aurais dû recevoir une médaille large comme une assiette à soupe. Personne n'est capable de faire la différence entre Prescott et la Banque d'Angleterre. Si je ne l'avais pas mis hors de jeu, il aurait inondé Londres de ses billets. J'étais le seul homme au monde à savoir où il les fabriquait. Vous étonnez-vous que j'aie voulu y faire un tour ? Et vous étonnez-vous aussi que j'aie fait de mon mieux pour obliger ce vieux chasseur de papillons, qui ne sortait jamais, à vider les lieux pour quelques heures ? J'aurais peut-être été plus avisé si je l'avais descendu. Ça n'aurait pas été difficile. Mais, que voulez-vous, j'ai le cœur doux, et je ne peux pas commencer à tirer si le copain d'en face n'a pas de revolver. Mais dites donc, monsieur Holmes, qu'ai-je fait de mal après tout ? Je ne me suis pas servi de la came. Je n'ai pas brutalisé le vieux machin. Qu'avez-vous contre moi ?

— Rien qu'une tentative de meurtre jusqu'ici, fit Holmes. Mais ce n'est pas notre affaire. Vous verrez bien ce qui se passera à la prochaine étape. Ce que nous voulions pour l'instant était votre précieuse personne. Voudriez-vous donner un coup de téléphone au Yard, Watson ? Je présume qu'il ne sera pas tout à fait une surprise pour nos amis. »

Tels sont les faits relatifs à Killer Evans et à sa remarquable invention des trois Garrideb. Nous apprîmes ultérieurement que notre pauvre ami ne se remit jamais du choc qui détruisit ses beaux rêves. Quand son château en Espagne s'effondra, il s'effondra lui aussi. Aux dernières nouvelles il était dans une maison de santé à Brixton. Ce fut un beau jour pour le Yard quand l'attirail de Prescott fut découvert, car la police officielle connaissait son existence mais n'avait jamais pu, après la mort du faux monnayeur, mettre la main dessus. Evans avait en réalité rendu un grand service, et il avait permis à plusieurs hauts fonctionnaires de dormir sur leurs deux oreilles, tant le faux monnayeur était un danger public. Ces hauts fonctionnaires auraient volontiers souscrit pour l'achat d'une médaille large comme une assiette à soupe, mais un tribunal en apprécia différemment et Killer Evans fut replongé dans l'ombre d'où il venait de sortir.

Table

Composition réalisée par INTERLIGNE

Imprimé en France sur Presse Offset par

BRODARD & TAUPIN

GROUPE CPI

La Flèche (Sarthe).
N° d'imprimeur : 7663 – Dépôt légal Edit. 12372-06/2001
LIBRAIRIE GÉNÉRALE FRANÇAISE – 43, quai de Grenelle – 75015 Paris.

ISBN : 2 - 253 -14483 - 5 31/4483/9